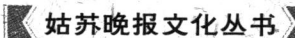

# 独步花径

主编 刘文洪 詹 刚
著者 金伯弢

古吴轩出版社

**姑苏晚报文化丛书**
**《独步花径》**

**主　编**
刘文洪　詹　刚
**副主编**
沈　玲　杨秉灏
**编　委**
毛栋良　王裕仁　刘　放
**著　者**
金伯弢

# 触摸苏州的文脉
## ——序《姑苏晚报文化丛书》

刘文洪

苏州这棵大树的根系特别发达。我们看得到的小桥流水、温山软水以及高速公路、高楼大厦,不过是她的如盖绿荫。她的根系则有着两千五百年琥珀般的凝聚和无数曲曲折折的人文故事。这些,需要我们在泛黄的线装书里搜寻,需要我们在风化的城砖里辨析,更多的还需要我们用心灵去倾听和感受。这些根系如同这棵大树地上部分的倒影,她在地下的深度,将决定这棵大树的高度。这座城市幽深而遒劲的文脉,恰是这座城市可以以两千五百的高龄依然鲜活如昨的重要因素。

从这个角度来说,生活在苏州这座城市里的人特别幸运,因为先辈人文的光芒给我们以足够的养分,久而久之,历代苏州人都和自己的城市一样,有一种特别的气质。同样的道理,生长在这座城市里的报纸亦幸运有加,因为循着苏州文脉的走向,就可得到源源不断的素材,就会形成独有的风格,形成符合城市特质的品牌。作为苏州人自己的晚报,《姑苏晚报》始终秉承这一理念,持之以恒开掘文化的富矿,在制造具有文化气息的精神食粮的同时,也使自身文气沛然。

就像一个人有没有文化,不是以会背诵几首唐诗宋词为标准一样,一张报纸有没有文化,也不是以刊发了几多散文为参数。诗歌散文是文化的一种形式，《姑苏晚报》从第一天起就有《怡园》副刊。更为难能可贵的是，《姑苏晚报》具有一种开阔的大文化的视野，注重整体宏观把握苏州特有的文脉，对读者形成有深度、有规模的供给，尤其是近几年策划的"阊门寻根""李根源与小王山"等活动以及开设的《晚报会客厅》栏目，超越了一般概念的风花雪月，更多的是对历史文脉的梳理、诠释和领悟。如今结集出版的这套丛书，还只是其中的一部分，尚有多组仍在进行之中，更有一些是正在酝酿的胸中沟壑。这充分体现了晚报人的追求，也给了读者更多的期待，给了关注苏州的人们几许安慰。

这套丛书的专题性、专栏性很强，甚至某些题材只有一部分读者感兴趣，并非文化普及的大众读物。这可以理解为其弊，但我更愿意将其理解为一种前瞻意识，是对苏州文脉宏观把握前提下的理性开掘。当今社会，浮躁是生活节奏加快的伴生物，而浮躁恰是文化的大忌。诸多文化快餐，不仅无益身心，甚至还不啻是对文化的糟蹋。如何保持一份淡定与从容，对报人来说，应该是一个不小的考验。作者之所以青灯黄卷码下如许文字，不仅是为了引领舆情的责任，更是对历史的一种尊重。做一点快餐和点心，亦是果腹之需，但更有意义和价值的应该是对历史文脉的传承和弘扬，应该是留下历史印记的文化大餐。顺着这一思路，我们完全可以对苏州历史演进过程中形成的生活方式、人文风物纵向切入，条分缕析，形成较为完整的系列，让现代人真切触摸到历史的脉动和岁月的余温。比如，光是城门，苏州除了阊门还有盘门、葑门、娄门等几多弟兄，那些在与不在的门洞里藏着多少如风随行的往昔。

文脉是城市的根和灵魂，是城市记忆的延续。随着城市日新月异的变化，城市的形象可能日渐趋同，但文脉是城市彼此区分的重要标志，让不同地域的城市大放异彩。现代化不应以切断历史为代价，越是现代，越是现代化发展到一定的境界，就越会理解城市文脉是多么可贵，是多么值得呵护与坚守。

对报纸的特征有两句质朴的归纳:"秀才人情纸半张,力举千钧百万兵。"也就是说,你可以把报纸看得无足轻重,也可以认识到其无穷的影响力。我对两句话的理解兼而有之,既深知保护传承历史文脉是个系统工程,一张报纸难敌推土机的威力,同时我也坚信,舆论日积月累滴水穿石般的柔韧终能消弭些许现代人的浮躁与狂野。

尊重历史文化不是古而不化,也不是僵硬地维护自然的衰败,不是在线装书的腐气里盲目陶醉。在这方面,苏州是个成功的典范,古韵今风就是苏州人睿智的集中体现。我们恰是在对历史文脉增进了解、理解的过程中,更增一份对历史文脉的热爱与敬畏。当我翻阅这套丛书的时候,不禁感到一阵悸动,仿佛先人穿越而来,而我们的这些文字不是也要穿越未来么?

至少此刻,我们穿越人潮。

(作者系苏州日报报业集团党委书记、社长)

# 自 序

"花卉"一词之文字记载,始现于殷商甲骨文。然字各有意,非今之义。真正蕴含当代内涵之"花卉"二字,实率先见诸记述至今长眠于姑苏何山那位南齐高士何点生平之《梁书·本传》。当然,花卉之横空出世,则更远在两亿年前。无花的世界好不沉寂,无性繁殖既缺色彩与香气,更没果实与种子,难以支撑温血生物的存在,只能任由爬虫类冷血动物横行天下。是花卉的诞生,再创了生命,变革了一切。各种全新水平的复杂性随之降临,力促了物种进化,使人世间粉团锦簇,万紫千红,异彩纷呈,美轮美奂。是花卉奉献了精华,滋养了生灵。由于被子植物为环球极大地增加了食物的能量,各类大型温血哺乳动物包括人类应运而生,赖以繁衍。毋庸讳言,华夏一族的岐黄之学更是因花卉及其衍生物而成至大国粹,广佑寰宇,万古流美,与山河同在,并日月共辉。是花卉激扬了风雅,繁荣了文化。秉天地之灵气乃宇宙之至美的花卉早成世人最喜闻乐见的审美对象,人们常以诗、词、歌、赋等众文体托物言志,拟人感兴,寄意抒情,喻事警世,"粉丝"风起云涌,佳作汗牛充栋,花卉文化博大精深,历久弥新。

"人看花,花看人;人看花,人销陨到花里边去;花看人,花销陨到人里边来。"乡前贤金圣叹之独到感悟,道出了一个真谛:吴中时尚,爱花成风。惟其如此，笔者敬畏自然，独步花径；钩沉史籍，重返经典，摹写了三百多种草木花卉前世今生的秀姿逸韵；笔录了数千余载名流大家惊艳品芳之吐珠咳玉。兹先试以四分之一刍荛孔见之拙稿，凭借《姑苏晚报》热诚传播中华文明之壮举，花影诗声，意真辞简，聊充心香一瓣，芹献同好诸君。

人也有涯，花也无涯。以有涯追无涯，瑕疵必多。抛砖引玉，敬候雅正；如聆梵音，不酒而醉。

谢谢各位！是为序。

金伯弢

匆就于辛卯荷月中浣

# 目 录

触摸苏州的文脉
——序《姑苏晚报文化丛书》/刘文洪

自　序

# 乔

橘花似雪斗芳新 ………………………………………… 1
陌上柔桑破嫩芽 ………………………………………… 3
玉兰枝头又春回 ………………………………………… 5
桃花本是仙家种 ………………………………………… 7
奇葩为首数琼花 ………………………………………… 9
梓花满树灿成霞 ………………………………………… 11
惜春自必恋楝花 ………………………………………… 13
女贞花吊贞女魂 ………………………………………… 15
只缘天女散花来 ………………………………………… 17
榆花结荚巧如钱 ………………………………………… 19

槟榔紫穗百花开 …………………………… 21

合欢花开合家欢 …………………………… 23

优昙花好不轻开 …………………………… 25

漫山杨梅鹤顶丹 …………………………… 27

枣花至小能成实 …………………………… 29

橙花细白好蒸茶 …………………………… 31

佛手拈花散天香 …………………………… 33

银杏嘉树世间稀 …………………………… 35

蝴蝶戏珠灵寿花 …………………………… 37

无辜漆树受割刑 …………………………… 39

兰开满枝米状花 …………………………… 41

贝多又白去年花 …………………………… 43

梧桐影里秋如水 …………………………… 45

山中独厄黄杨树 …………………………… 47

见血封喉箭毒木 …………………………… 49

鹤骨龙姿擎天柏 …………………………… 51

苍松阅世卧云壑 …………………………… 53

## 灌

扶桑拥出一轮红 …………………………… 55

翘楚常羡荆丛花 …………………………… 57

嘉名谁赠作玫瑰 …………………………… 59

连翘花发满条金 …………………………… 61

喜看宝相别样妆 …………………………………… 63

杜鹃花时夭艳然 …………………………………… 65

佛桑解吐四时艳 …………………………………… 67

叶底无花果自红 …………………………………… 69

天竹夭红籽代花 …………………………………… 71

# 藤

爬山如虎欲冲斗 …………………………………… 73

老干鹰爪吐新花 …………………………………… 75

藤牵栝楼挂门衡 …………………………………… 77

檐前红白扁豆花 …………………………………… 79

手种猴桃垂架绿 …………………………………… 81

缘何首乌惊子孙 …………………………………… 83

茑萝花绣翠羽盖 …………………………………… 85

高枝轻坠女萝花 …………………………………… 87

风吹不响马兜铃 …………………………………… 89

# 草

幽兰花送王者香 …………………………………… 91

蕙花氤氲化作蝶 …………………………………… 93

春风窈窕绿虋芜 …………………………………… 95

蕨芽珍嫩压春蔬 …………………………………… 97

春在溪头荠菜花 …………………………………… 99

首阳薇花香如故 …… 101

蚕豆风前紫白花 …… 103

芳渚香芹秀晚春 …… 105

风中的舔珍珠花 …… 107

杜蘅花染马蹄香 …… 109

蒲花似烛遍泽洲 …… 111

翠藻蔓长孔雀尾 …… 113

萍花隙处鱼嘬影 …… 115

挂兰垂发簪新花 …… 117

仙人掌上花正盛 …… 119

草无丽色竟含羞 …… 121

蕉家美人秀红妆 …… 123

一生低首紫罗兰 …… 125

蜀葵花开一丈红 …… 127

素馨花发暗香飘 …… 129

红花颓色掩千卉 …… 131

葱花青白香又齐 …… 133

满阶苔衬落花红 …… 135

珍卉重现金莲花 …… 137

醉人如泥大麻花 …… 139

海棠秋艳断肠花 …… 141

映日流辉旱金莲 …… 143

疏篱荒映白茅花 …… 145

草尚独活拒追风 …………………………………… 147

当年黄独漫哀穷 …………………………………… 149

追风透骨毒乌头 …………………………………… 151

千岁茯苓带龙麟 …………………………………… 153

草赛狼尾牧麋鹿 …………………………………… 155

秋晚遍壑金灯花 …………………………………… 157

好花长占四时春 …………………………………… 159

# 橘花似雪斗芳新

若问吾国第一首确切的咏花诗歌,始于谁人、所咏何花?一般公认当属战国时代楚大夫屈原《九章·橘颂》所吟唱之橘花。此公不仅视橘树为"后皇嘉树",将其"绿叶素荣,纷其可喜兮"的洁白繁葩;"受命不迁,生南国兮。深固难徙,更壹志兮"的坚贞操守大加颂扬,同时自况虽遭谗谤依然行芳志洁,从而首开了咏花寓有寄托的先河。

说起橘,令人油然想起苏轼之名句:"水底笙歌蛙两部,山中奴婢橘千头。"原来,据《水经注》等古籍记载,三国东吴丹阳太守李衡,"每欲治家,妻辄不听,后密遣客十人于武陵龙阳汜洲上作宅,种柑橘千株。临死,嘱儿曰:'汝母恶我治家,故穷如是。然吾州里有千头木奴,不责汝衣食,岁上一匹绢,亦可足用耳。'"感谢这位近两千年前的地市级"公仆",不贪公款,勿刮民膏,呼橘为奴,植树养家。且为后世留下了一份独特而宝贵的"非物质文化遗产",且听柳宗元"草圣数行留坏壁,木奴千树属邻家";郑谷"鲈鱼斫鲙输张翰(东晋吴人,因思家乡莼菜鲈鱼而挂冠退隐),橘树呼奴羡李衡";汤显祖"家徒四壁求物意,树少千头愧木奴"诸咏,口内笔下纸上,犹念此公此典。

橘,吾国已足有四千余年栽培历史。自《夏书》始,延至《诗经》、《周礼》、《吕氏春秋》及《离骚》、《尔雅》、《山海经》等众多著名典籍,无不俱有关于橘之记述。至宋,光禄大夫韩彦直《橘谱》尝载:"橘品十有四,黄橘扁小而多香雾,乃橘之上品也;朱橘小而色赤如火;绿橘绀碧可爱,不待霜后,色味已佳,隆冬采之,生意如新;乳橘状如乳柑,皮坚瓤多,味绝酸芳;塌橘状大而扁,外绿心红,经春乃甘美;包橘外薄内盈,其脉瓣隔皮可数;绵橘微小,极软美可爱,而不多橘(瓤);沙橘细小甘美。"这位蕲王公子另对油、冰、早黄、穿心、荔枝诸橘逐一详述,尤将黄岩蜜橘推为"橘之上品"。而太湖洞庭东西山所产之"洞庭红",更是"良玉有浆须让味,明珠无类亦羞圆","个个和枝叶捧鲜,彩凝犹带洞庭烟",早在唐代即为贡品。时为苏州刺史的白居易有诗可证:"洞庭贡橘拣宜精,太守勤王请自行。珠颗形容随日长,琼浆气味得霜成。登山敢惜弩驹力,望阙难传蝼蚁情。疏践无由亲跪献,愿凭朱实表丹诚。"贡橘之举,始自汉代,时设专职橘官,负责橘品上贡。若有橘未上贡而先行贩卖者,一律处以极刑。如此专制,令人切齿。直至明朝以降,橘已非如昔日珍稀。正如凌濛初《拍案惊奇》首篇所言:产橘之乡,采橘之季,满街可见箧篮待沽之橘,红如喷火,圆若悬星。橘之功能,亦由原本的单纯果品,逐渐扩展为常用药材,堪称果中妙品,一身是宝:其橘叶疏肝行气消水肿,橘皮燥湿化痰治冻疮,橘膜(瓤之薄衣,亦称橘红)宽中散结解酒毒,橘络理气镇痛通血脉,橘核退胀破邪医腰痛,橘瓤去脂降压软血管,橘饼健脾和胃止咳嗽,橘香醒脑开窍助安眠。

　　橘于春末夏初开小白花,色纯似雪,香馥胜梅。因之杜牧苦恋"楚香寒食橘花时",陈继儒痴迷"芭蕉西边试橘花",倪瓒贪婪"山园细路橘花香",而杨万里震惊"花静何须艳,林深不隔香",刘克庄沉醉"白于蒼卜林中见,清似旃檀国里闻",凡此种种,足已道尽天下橘迷所以迷橘之共同心声。

# 陌上柔桑破嫩芽

众所周知,吾国自古就是个农业大国。所谓"男耕女织",即为其鲜明特征。而"女织"者,自然离不开植桑养蚕。于是,桑在上古时代就与华夏先祖结下了不解之缘。桑者,南唐徐锴释道:"其字象形(意指古篆"桑"上半部似蚕食叶),桑乃蚕所食叶之神木,故加木。"据《通鉴外纪》载:"西陵氏之女嫘祖为黄帝元妃,始教民蚕桑,治丝茧,以供衣服而天下无皲(肌肤拆裂)瘃(因冻而病)之患。"千百年来,诚如北宋苏颂所言:"方书称桑之功最神,在人资用尤多。"

早在奇书《山海经》,就记述着不少有关桑的传说。其《东山经》、《海外东经》、《大荒东经》、《大荒南经》诸篇所载神话中,有一座名唤无皋的神山,山内有个辽阔神渊称为汤谷。而汤谷水中央就是一株可供十个太阳栖息、名曰扶木的巨桑,有个神女羲和专在树下替太阳沐浴。陶潜《读山海经》一诗咏道:"逍遥芜皋上,杳然望扶木。洪柯百万寻,森散复阳谷。灵人侍丹池,朝朝为日浴。"至于晋葛洪《神仙传》所载麻姑与王方平关于"沧海桑田"的奇谈异论,则是又一则颇具惊世意味的经典神话。与《山海经》相比,《诗经》可谓比较贴近生活。其《七月》云"蚕月条桑,取彼斧斨",《皇矣》云"攘之剔之,其檿

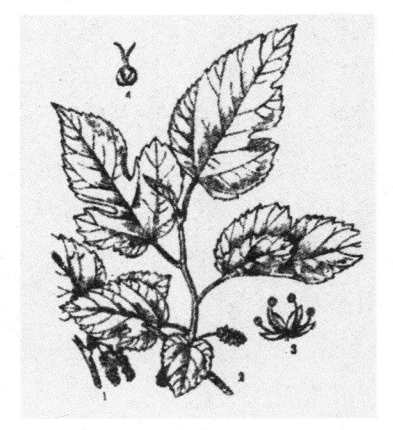

桑

（山桑）其柘（木夲，叶可饲蚕）"，这是关于修剪桑枝的描述与赞美；另如《汾沮洳》云"彼汾一方，言采其桑。彼其之子、美如英。美如英，殊异乎公行"，那是采桑女爱上了美男子；《桑中》云"云谁之思，美孟姜矣。期我乎桑中，要我乎上宫，送我乎淇之上矣"，此写男女幽会，亦即桑中之约；再如《十亩之间》云"十亩之间兮，桑者闲闲兮，行与子还兮"，则写双方幽会后的愉悦。也许枝叶繁密，较易隐蔽；又地处旷野，避人耳目，桑林一度成了恋人幽会的理想场所。故《礼记·乐记》道"桑间濮上之音，亡国之音也"，长期以来，"桑间濮上"竟成了野合淫乱的代称。

随着时代进化，桑间幽会不再为人赞许称道。于是，秋胡戏妻的故事又应运而生。据西汉刘向《烈女传》载，鲁人秋胡娶妻五日，即赴陈国做官。一去五年方归。将至家时，见一美妇采桑于路旁，便下车以"力桑不如逢国卿"为诱进行调戏。女方坚拒未果。及至秋胡回家，才知此女竟是自己结发妻子，愧悔交加。其妻鄙夷丈夫所为，投河而死。"后人哀而赋之，为《秋胡行》。"今古辞已佚，存有西晋傅玄之拟作，内容大致相契。《汉乐府》中长诗《陌上桑》，所说基本亦指此事。

桑，既与红男绿女朝夕相处，又于国计民生举足轻重。殷商甲骨文显示，其时已出现桑、蚕、丝、帛之字形。入周，采桑养蚕已成常见农活。春秋战国之际，桑树已然连畦成片栽植。故历代仁人志士对其肃然起敬，诚如《小雅·小弁》所云"维桑与梓，必恭敬止"，另如明于谦咏道"一年一度伐条柯，万木丛中苦最多。为国为民甘寂寞，却教桃李听笙歌"，同代唐寅亦曰"桑出罗兮柘出绫，绫罗妆束出娉婷。娉婷红粉歌金缕，歌与桃花柳絮听"，清袁枚《随园诗话》也录有一首佚名者之作，云"采采东风叶满篮，御寒功已在春蚕。世间多少闲花草，无补生民亦自惭"。

# 玉兰枝头又春回

苏州拙政园香洲附近有处明代建筑玉兰堂,内植虬干玉兰多株。此原为画坛巨匠文徵明作画之处。每届早春,"雪为胚胎,香为骨髓"的玉兰恣意怒放,远望如满树琼英,凌空飞雪;近观似羊脂美玉,银装素裹。当年文公在此饱赏人间春色,曾赋诗七律一首盛赞其动人风韵:"绰约新妆玉有辉,素娥千队雪成围。我知姑射真仙子,天遗霓裳试羽衣。影落空阶初月冷,香生别院晚风微。玉环飞燕原相敌,笑比江梅不恨肥。"

玉兰,又名白玉兰、迎春花、玉堂春。先开花后抽叶,每杆一花,一树万蕊。因其花洁白如玉,幽香似兰,遂获此称。明王象晋《群芳谱》即载,"玉兰花九瓣,色白,微碧,香味似兰,故名。一杆一花,皆着木末,绝无柔条","花大而香,花落从蒂中抽叶,特异他花"。古时玉兰与辛夷(即木笔,别称木兰)混称,如唐陆龟蒙《辛夷诗》"堪将乱蕊添云肆,若得千株便雪宫。不待群芳应有意,等闲桃杏即争红",及同代李群玉《二辛夷》"狂吟乱舞双白鸽,霜翎玉羽纷纷落。空庭向晚春雨微,却敛寒香抱琼萼"一绝,虽俱题名"辛夷",所咏分明均是白玉兰。直至五代,始以花白者专名玉兰,花紫者另称辛夷。如《一统志》云:"五代时,南湖中建烟雨楼,楼前玉兰花莹洁清丽,与翠柏相辉映,挺出楼外,亦是奇观。"对此,王世懋《读史订疑》特作辨析:"玉兰早于辛夷,故宋人名以迎春,今广州尚仍此名。千杆万蕊,不叶而花。当其盛时,可称玉树。树有极大者,笼盖一庭","余观木笔、迎春,自是两种。木笔色紫,迎春色白;木笔丛生,二月方开;迎春高树,立春已开。今之玉兰,即宋之迎春也"。长洲(今苏州)陈道复、王毂祥毕竟不愧吴中名士,卓具博识,分别有诗:"东风日夜发,桃李不禁吹。点检秾华事,辛夷落较迟","皎皎玉兰花,不受淄尘垢。莫漫比辛夷,白贲谁能偶"。

明清两代,诗咏玉兰颇多传世佳作,如睦石的"霓裳片片舞妆新,束素亭亭玉殿春。已向丹霞生浅晕,故将清露作芳尘",王世贞的"自是蓝玉贻别种,不同湘浦怨春寒。唐昌观里夸如雪,争似侬家几树看",沈周的"翠条多力引风长,点破银花玉雪香。韵友自知人意好,隔帘轻解白霓裳",陆树声的"日晃帘栊晴喷雪,风回斋阁气生兰。参差玉佩排空出,烂漫香麟拥醉看",查慎行的"阆苑移根巧耐寒,此花端合雪中看。羽衣仙女纷纷下,齐戴华阳玉道冠",或将其比做玉殿舞姬,或将其比做丹房女冠,或将其比做羽衣仙妹,或将其比做解裳韵友,无不对其琼姿玉态浪漫讴歌。就连乾隆亦曾在沈石田所作的玉兰画上挥毫御题:"簇簇玉光蔚,菲菲兰气匀。似中无刻画,淡然有精神。磊落偏饶韵,芳华后藉春。"然揆之诸咏,还推张茂吴"但有一枝堪比玉,何须九畹始征兰"及西岭雪"只因孤独才成趣,纵使无言也是诗"古今两联,最是深得神理,臻于妙境。

昔人爱将玉兰与牡丹同植厅堂之前,寓意玉堂富贵。花开时节,素艳照空,恍若云屋玉圃,琼林瑶台。然此花"寒凝大地发春华",时值二月,恒多风雨。故飘落琼英,花期奇短,竟有"薄命花"之讥。对此,清赵执信特赋《大风惜玉兰花》一诗,反其意而赞曰"如此高花白于雪,年年偏是斗风开"。

## 桃花本是仙家种

俗谚道:"人难做,难做人。"其实花们何尝不是如此。如属于蔷薇科落叶小乔木之桃花,杜甫才赞其"桃花一簇开无主,可爱深红映浅红",转瞬却斥其"癫狂柳絮随风舞,轻薄桃花随水流"。诗圣如此,凡夫俗子更是贬者诟其"桃色"、"桃花癖"、"命犯桃花"、"分桃之恋",甚至"结交莫学三春桃,因风吐艳随风飘";褒者却从西王母的蟠桃园到陶渊明的桃花源;南极仙翁的寿桃到始自秦汉的桃符;刘阮的天台奇缘到崔护的"人面桃花",无不推崇至极。尤其自《山海经》"东海度朔山有大桃树,蟠屈三千里,其插枝门……有二神,一曰神荼,一曰郁垒,主阅领众鬼之害人者"之说问世后,兼又相传当年夸父追日,缺水而亡,临难时将手杖掷于苍茫大地,幻化成一片桃林,故人皆信其禀具诛鬼驱邪魔力。所有这些,恰如宋吴淑《桃赋》所赞:"夭夭其色,灼灼其华,或成仙而益寿,或制鬼而去邪,或美后妃之道,或报琼瑶之华。"

褒贬相左,比兴亦异。唐刘梦得二度遭贬二返长安,先后戏咏:"紫陌红尘拂面来,无人不道看花回。玄都观里桃千树,尽是刘郎去后栽","百亩庭中半是苔,桃花净尽菜花开。种桃道士归何处,前度刘郎今又来"。以桃花嘲讽朝中新贵者,讥刺辛辣,抗争坚决。另如清两江总督陶澍,因铁腕整治两淮盐业,不法盐商对其恨之入骨,竟增设"桃树"、"陶小姐"二张纸牌,拿陶澍及其千金开涮,浪语淫词,以泄私愤。而以桃自况述怀言志者,亦不乏其人。明唐寅迭遭坎坷,愤世嫉俗,遂于桃花坞筑室"桃花庵","姑苏城外一茅屋,万树桃花月满天"。并在桃树下引吭高歌:"桃花坞里桃花庵,桃花庵里桃花仙。桃花仙人种桃树,又摘桃花换酒钱。酒醒只在花前坐,酒醉还来花下眠。半醒半醉日复日,花落花开年复年。但愿老死花酒间,不愿鞠躬车马前。车尘马足贵者趣,酒盏花枝贫者缘……"据前贤俞平伯《唐六如与林黛玉》一文考证,林黛玉结桃花社、吟《桃花行》及葬桃花之举,皆脱胎于此。

千百年来,好在桃花宠辱两忘,只待阳春三月,便"丹葩擎露,紫叶绕风。引雾如电,映烟成虹",依旧无言笑春风。也许正是这种淡泊宁静,感动了历代诗家词客,纷纷讴歌赞美其花之繁艳,果之丰美,赋以性灵,志以情操。如唐王维"雨中草色绿堪染,水上桃花红欲燃",高蟾"天上碧桃和露种,日边红杏倚云栽",贾至"草色青青柳色黄,桃花历乱李花香",刘禹锡"城边流水桃花过,帘外春风杜若香",宋欧阳修"蕙兰有恨枝尤绿,桃李无言花自红",苏轼"鸭头春水浓如染,水面桃花弄春脸",陆游"十里织成无罅锦,半天留得未残霞"等名句,俱如行云流水,颇得自然之趣。

"桃花初也笑春风,及到离枝将谢日,颜色逾红。"元人姚燧之说,未知确否?但有一点倒是肯定的,其花虽终"零落成泥碾作尘",然"落红不是无情物",化作春泥便育果。恰如唐人吴融所咏:"满树和娇烂漫红,万枝丹彩灼春融。何当结作千年实,将示人间造化工。"桃之果实,从四月白、五月鲜、六月团、七月红、八月寿、九月菊、十月熟到十一、十二月分别成熟的大雪桃及冬桃,几乎月月都有,端的是:"四季好花常在,八节鲜果不绝。"

## 奇葩为首数琼花

"琼花本是仙人种,不与庸愚流浪看。寄语君王休怒斫,香魂满地已先拚。"相传古时广陵(今扬州)有个道号蕃厘的仙人,因谈论奇花异卉,俗人不信,乃取白玉种于地下。须臾之间,长成一树,花似琼瑶,遂名琼花。此事惊动了隋炀帝杨广,三下扬州欲赏此花。琼花偏不领情,每逢其驾临,花丛中骤起狂风,顷刻香销玉殒。气得杨广愤然下旨,将其一砸了事。

野史传说恐不可考。琼花一名,实始见于北宋至道二年(996)时为扬州太守之王禹偁《后土庙琼花诗序》:"扬州后土庙有花一株,洁白可爱,且其树大而花繁,不知实何木也,俗谓之琼花。"其诗二首,分别曰:"谁移琪树下仙乡,二月轻冰八月霜。若使寿阳公主在,自当羞见落梅妆","春冰薄薄压枝柯,分与清香是月娥。忽似暑天深涧底,老松擎雪白娑婆"。宋末周密《齐东野语》亦载,扬州后土祠琼花确为唐人手植,本大而花繁,香如莲花,清馥可爱。欧阳修曾建亭花侧,名曰"无双亭"。仁宗庆历中,尝分植于开封、洛阳、杭州等地,却无一例外,先后皆枯。宋通议大夫王信"何人折却依然在,是处移将不肯开"之句,正是指此。高宗绍兴十一年(1141),江淮制置使刘锜退守瓜州,金将萧琦进犯扬州,将琼花连根劫去。后经观主唐大宁将原址残根悉心护理,才又枝茂

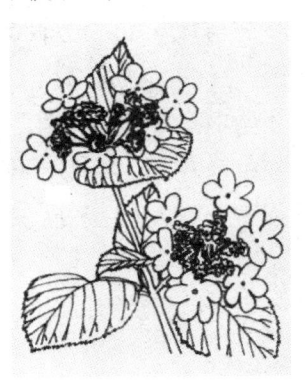

琼花

花繁。及至元初,此花再次枯萎。蒋子正《山房随笔》云:"德祐(南宋恭帝赵㬎年号)乙亥,北师至,花遂不荣。"有人感曰:"名擅无双花色雄,忍将一死报东风。他年我若修花史,合传琼妃烈女中。"直至二十年后,道士金雨瑞将聚八仙移植于此,遂以其花代称琼花。然亦有称是南宋宦官陈源命园丁取琼花孙枝嫁接于聚八仙上,延脉一息,但香色大减云云。

琼花,为忍冬科荚蒾属半常绿灌木或小乔木,株高丈许,枝条扩展,树姿优美;春夏之交开放,花形扁圆,周围八朵不孕边花洁白如玉,环绕簇拥着密集的淡黄花蕊,娇姿别致,清芬怡人。正因"天下无双独此花",不少帝王总想攫为己有。方其初开,便下旨严令"师臣以金瓶飞骑进之"。于是,琼花深锢禁宫,难露芳容。南宋郑觉斋《扬州慢·琼花》"记晓剪,春冰弛进,金瓶露湿,缇骑星流";周草窗《瑶花慢》"江南江北,曾未见,漫拟梨云梅雪。淮山春晚,问谁识,芳心高洁?","金壶剪送琼枝,看一骑红尘,香度瑶阙"等咏,既指其事。此公且大声疾呼:"杜郎老矣,想旧事,花须能说。"以古往今来诸多玩物误国的沉痛教训,鞭挞南宋朝廷偏安一隅醉生梦死。这在当时词坛,令人耳目一新。

原籍高邮的秦少游有次在外地收到辗转送达的琼花,思乡情切,口占一绝:"无双亭上传觞处,最惜人归月上时。相见异乡心欲绝,可怜花与月应知。"数百年来,琼花确是扬州的骄傲。正如元冯子振所云:"莫为龙舟更惆怅,广陵依旧看琼花。"然堪可南北辉映的是,苏州昆山马鞍山麓同样得天独厚,至今长有七株成片琼花树,其中一株树龄已有二百多岁,树高六米有余,树冠直径几近一米。繁花盛开时,瓣蒂莹白,花如琢玉,蕊似金粟,异香馥郁。清道光进士、礼部主事龚定庵曾结庐于此,并纵情高吟:"丹实琼花海岸旁,羽陵山似岑之阳。一家可惜仍烟火,未问仙人辟谷方。"

# 梓花满树灿成霞

据《伍子胥传》载，吴王夫差密赐属镂之剑逼迫伍子胥自裁，伍公当场嘱告其舍人道："必树吾墓上以梓，令可以为器。抉吾眼，悬吴东门之上，以观越寇之入灭吴也。"乃自刭死。临终遗愿犹念植梓于其墓，可见此树在古贤心目中地位之重。伍墓至今静卧在太湖之滨胥口镇，所惜世事沧桑，早已无法印证当年是否果如其愿栽有梓树，倒是苏州古城迄今有条十梓街，确因曩昔所谓"太守署前梓十株"，矗立十棵参天巨梓而获名。

说起梓，令人油然想起成语"敬恭桑梓"。因其树枝优美，冠盖苍翠，自古先人居所、官寺、园亭必植之。恰如宋儒朱熹《诗传》所云："桑、梓二木，古者五亩之宅，树之墙下，以遗子孙，给蚕食、具器用者也。"对此，《古隽考略》释道："桑者，母之所事；梓者，父之所植。"意谓慈母种桑养蚕，严父植梓为器。故自东汉始，即以桑梓为乡里代称。晋代吴人陆机《百年歌》"辞官致禄归桑梓，安居驷马入旧里"，即咏此意。至于"敬恭桑梓"，语本《诗经·小雅·小弁》："惟桑与梓，必恭敬之。"此言父母之邦，必加恭敬。如果说，"桑梓"代称故乡无人不晓。那么，以"桥梓"比喻父子，则恐未必尽人皆知。据《尚书大传》载："伯禽（周公之子）康叔（武王九弟）见周公（武王弟，名

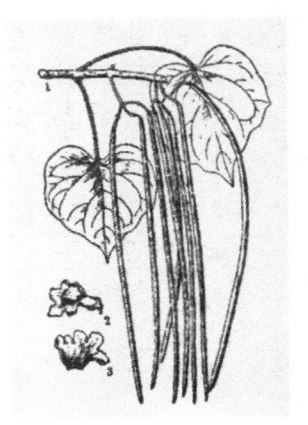

梓

旦。尝辅武王伐纣,武王亡,摄政当国,辅佐成王。成王长,还政于王)三见而三笞。商子曰:'南山之阳有木名桥,北山之阴有木名梓。二子盍往观焉。'二子往观,见桥木高而仰,梓木晋而俯,返以告商子。商子曰:'桥者,父道也;梓者,子道也。'二子再见周公,入门而趋,登堂而跪。周公拂其首,劳而食之。"后世遂借"桥梓"一词代称"父子"。

　　梓,名始见于《神农本草经》。《图经本草》称其"木似桐而小,花紫",《本草纲目》则云:"梓木处处有之,有三种,木理白者为梓。"其别名大叶梧桐,为紫葳科梓树属落叶乔木。春日开花,聚而成簇,白底紫斑,烂漫可观。尤奇者,生荚如筷,叶落犹存。其木材纹理均匀,软硬适中,极易下刀镂刻或作其他加工。故古时印书刻板多选此木,世遂有"付梓"一说。而最能体现其优势的,便是制作琴瑟。通常以梓作底,将桐为身,人称"桐天梓地"。难怪先民认定百木莫良于梓,尊其为"木王"。《书经》以"梓木"名篇,《礼记》以"梓人"称匠,就连帝后驾崩亦必用此木制棺,谓之"梓宫"。如此显赫殊荣,他木实难企及。

　　《搜神记》尝载,春秋时宋康王劫夺舍人韩凭美妻何氏,韩、何因此相继自杀。里人埋之,两冢相望。竟有大梓木各生二冢之端,盈抱屈体相就,根交于下,枝错于上。宋人见而哀之,称其为相思树。当然,此系神话。至于清郭则沄《十朝诗乘》转引吴涧沱《咏杜家庙古梓》诗云:"其上间有神灵栖,云旗飘瞥雾马嘶。枌榆父老勤作社,神箫巫鼓相换挤。闲言仁庙南巡事,鸾皇发声著神异。至今铁牌题清明,康熙三十八年制。"其自注谓:"庙有二梓皆古树。圣祖南巡,跸路经此,树有发声之异。"梓能发声,恐亦附会。倒是另据记载,无锡秦氏寄畅园"有古梓,圣祖屡临视,还朝犹问:'树无恙否?'查初白尝诗云:'平安上报天颜喜,此树江南只一株。'"可见,康熙爱梓,确属信史。

# 惜春自必恋楝花

曹雪芹之祖父曹寅,字子清,号楝亭。这"楝亭"二字,颇有来历。原来此公之父曹玺平生对楝树情有独钟,据当时江苏巡抚宋荦记道:"子清之尊人,于白门使院手植楝树数株,绿荫纷披可爱,因结亭其间,颜曰楝亭。"曹寅挚友、康熙十二年(1673)癸丑科苏州状元韩菼的《楝亭记》也说,曹玺"官江宁,于署中手植楝树……绝爱之,为亭其间,尝憩息于斯"。所谓"楝乃水部(官名,此指曹玺)手自栽,亭亦早岁摊书构",桐城派盟主方苞之父方仲舒亦有诗相赠:"昔闻舅氏马秋竹,盛称知己曹司空(玺殁后获工部尚书之赠衔,故尊称其司空)。十年晤对儒生似,一树摩挲宾客同。"故曹寅不仅自号楝亭,且将著作分别名为《楝亭集》、《楝亭诗抄》、《楝亭词抄》,以志纪念。曹家破败后,其座客施瑮哀而诗曰:"楝子花开满园香,幽魂夜夜楝亭旁。廿年树倒西堂闭,不待西州泪万行。"

曹玺何以对楝树宠爱有加,不得而知。然此树为人所爱,本不足怪。其树一名苦楝,又名紫花树,雅号晚客,始载于《神农本草经》,为楝科楝属落叶乔木,高二三丈,修柯长枝,叶密如槐。春夏之交开淡紫色长筒形小花,一蓓数朵,缀满枝头,艳如海棠,满树可观。"紫丝晕粉缀鲜花,绿罗布叶攒飞霞。莺舌未调香萼醉,柔风细吹铜梗

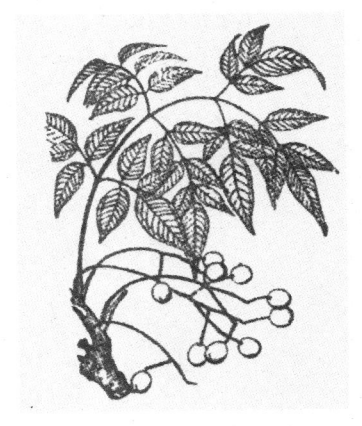

楝树

斜。"梅尧臣《楝花》一诗，写尽了此树的花光明丽。然人们钟情楝花非仅着眼于此，恰如《岁时记》所云："二十四番花信风，始梅花，终楝花。"这正是：苦楝花开春归去，惜春自必恋此花。

"院里莺歌歇，墙头蝶舞孤。天香熏羽葆，宫紫晕流苏。晻暧迷青锁，氤氲向画图。只应春惜别，留与博士炉。"唐温庭筠这首五律，即是众多借楝花惜春诗篇中的代表佳作。其前四句渲染牡丹芳香熏炙游赏车驾，宫殿紫光辉映翠盖丝穗的场景，烘托牡丹春末始放、花后春将归去的暮春情景；后半首感叹春将逝去，因为惜别，遂将暮春景色聚焦于苦楝树上，有分教：借问春归谁与伴，别情都付苦楝花。而宋人张蕴"绿树菲菲紫白香，犹堪缠黍吊沉湘。江南四月无风信，青草前头蝶思狂"之吟，则以蝶喻人，借花惜春，不仅匠心独运，妙思巧构，且尚蕴含了一则历时久远的动人传说。原来，据南朝梁人吴均《齐谐记》载，屈原五月五日投汨罗江后，楚人每于此日以竹筒贮米投水祭之。汉光武帝建武年间，长沙人区曲忽逢一士人，自称即三闾大夫。并告，常年所祭虽善，只奈皆被蛟龙所窃。请以楝叶塞其上，以彩丝缠之。此二物蛟龙所惮也。消息传开，人尽遵嘱于端午做米粽并缠以楝叶彩丝，投江祭吊，从此相沿成习，经久不衰。

江南多苦楝，随处有芳踪。元代朱希晦有诗道："雨过溪头鸟篆沙，溪山深处有人家。门前桃李都飞尽，又见春光到楝花。"已故红学家俞平伯亦为我们留下了乡情浓郁的好诗："天气晴和四月中，门前吹到楝花风。南来初识亭亭树，淡紫英繁小叶浓。"人们赞许苦楝"生长寻常百姓家"，却"浑身有用更堪夸"。的确，此树不仅其材可制家具可充薪，其果宜酿醇酒宜入药，就连嫩叶亦能食用。《清嘉录》、《宋平江城防考》俱云：苏州"乡农每于四五月间摘取其头，以甘草汁腌之"，"名黄楝头，茹之味苦而回甘，颇似橄榄"。

# 女贞花吊贞女魂

据汉刘向《烈女传》载，春秋鲁国穆公时，其漆室（邑名）有一少女，她见国势日衰，民不聊生，甚是心悲神伤。邻居不知就里，贸然相问："如此郁闷不乐，莫非想找婆家？"女郎正色答道："妾乃为国而忧，为民而愁，岂为一己婚嫁？"一腔忠爱之忧无人理解，反遭误会。悲愤失望之余，便在深山一大树下抚琴而歌："菁菁茂木，隐独荣兮。变化垂枝，含蕤英兮。修身养志，建令名兮。厥道不同，善恶并兮。屈躬就浊，世疑清兮。怀忠见疑，何贪生兮。"歌罢，毁琴自缢于树。后人感而将其唱的歌名为《贞女引》，将其缢的树誉为女贞木，将此树开的花尊为女贞花，结的实称为女贞子，世代相传，亿兆敬仰。如晋人苏颜《女贞颂》曰："女贞之树，一名冬生。负霜葱翠，振柯凌风。故清士钦其质，贞女慕其名，或树之于雪堂，或植之于阶庭。"

女贞，又名大叶冬青树、水蜡树、将军树。原产中国，为木樨科女贞属常绿乔木，株高二三丈，枝条舒展，树姿优美。早在《山海经》中，即有记述："其叶如枸骨及冬青，经冬不凋，五（至七）月开细花，青白色，九月实成。"其花细而密，微有清香，繁丽可观。自古以来，广被追捧，恰如司马相如《上林赋》注云："女贞树冬夏常青，未尝凋落，若有节操。"甚至曩昔《婚礼谒文》亦尝赞曰："女贞之树，柯叶冬

女贞

生,寒凉守节,险不能倾。"故人多栽植,以示爱慕,并吟诗作词,倾情讴歌。如张羽咏其"青青女贞树,霜霰不改柯",韦骧则赋道:"见许黎明和露翦,日高何事尚稽期。也知更欲迎宾履,次第开时固未还。"此公兴犹未尽,另有七律《和贾尉女贞花》传世:"只恐繁云炽碧空,火龙昼跃汗随风。飘来翠叶亭亭处,滴出芳葩点点红。最美虚心如有待,直饶润色更无浓。主人为尔邀宾醉,狼藉怀盘晚照中。"而张镃《眼儿媚》一词,更是雅趣盎然,清新可诵:"山矾风味木犀魂,高树绿堆云,水光殿侧,月华楼畔,晴雪纷纷。　　何如且向南湖住,深映竹边门,月儿照着,风儿吹动,香了黄昏。"

女贞不仅枝叶繁茂,凌云葱翠,堪可美化环境;且颇具净化空气的特异功能,可大量吸收氟化氢、二氧化碳和氯气等有毒废气,并对剧毒的汞蒸气反应灵敏,有较好的警示作用。其树还可放养白蜡虫,生产白蜡。而更突出的是,正如《典术》所称:"女贞本少阴之精,冬不凋叶,故其益肾之功可推。"其果实女贞子被《神农本草经》列为药中上品,称其"主补中,安五脏,养精神,除百疾";《本草蒙鉴》亦谓其"黑发黑须,强筋强力,多服补血去风";《本草纲目》同样确认此果"强阴,健腰膝,变白发,明目"。《医方集解》中的驰名成药"二至丸",即系于冬至日采集之女贞子,与夏至日所收旱莲草配伍精制而成,补肾养肝,颇具奇效。

翻检古籍,常见有人误将女贞与冬青混淆不分。其实,尽管两者树形叶质相似,又均"木极茂盛,经冬不凋","其花皆繁,子并累累满树"。然只要深察细辨,不难昭然区分:女贞叶长、对生,冬青叶微圆、互生;女贞果蓝绿色,冬青果猩红色;女贞子可入药,冬青子未闻入药;女贞可放虫生蜡,冬青不能放虫生蜡;女贞属木樨科,冬青属冬青科,足见本质之别,差若天渊。

## 只缘天女散花来

古人好作游仙诗，或游于仙境，或游而求仙，或以术致仙。而在这些诗作中，能与仙人尤其是仙女交游互动更是游仙者们梦寐以求的赏心乐事。王逸"与织女兮合婚"，张华"云娥荐琼石，神妃侍衣裳"，即为明证。当然，也有纯粹描写仙女形态或以其比拟某类事物的，如清《聊斋志异》作者蒲松龄《风流子·元宵雪》一词："金吾不禁夜，何人把，玉屑糁回廊。想天女散花，将花捻碎，抟来粉手，抛落青苍。乱漂泊，洒楼飘细细，入竹响锵锵。第一明月，无双灯火；天真好笑，为甚仓忙。"借助传说，驰骋想象，以天女散花比拟元宵雪景，可谓别有一番情趣。

原来，佛教典籍《维摩经》载有一则饶有趣味的传说，道是维摩诘室有一天女，见诸菩萨率徒闻听说法，便现其身，以天花抛洒各位，以测"向道之心"。著名京剧表演大师梅兰芳有感于此，将其精心改编成京剧《天女散花》。一时万人空巷，轰动菊坛。然宗教与戏剧所表述演绎的故事，纯属艺术虚构。倒是植物王国确乎有一种美若天女散花的稀世奇葩，名曰"天女花"。这就是当今辽宁本溪市驰名中外的市花"天女木兰"。此花偏爱凉爽湿润的气候及肥沃深厚的土壤，多野生于辽宁东部与吉林长白山区海拔千米以上的深山老林。尤喜植根于滋润幽冷的阴坡深谷，与其他树种混生成大片丛林，形成极为独特壮丽的生态景观。

天女花，又名仙女花、小花木兰，为木兰科木兰属落叶灌木或小乔木。与木兰、白玉兰、二乔玉兰（又名朱砂玉兰）、广玉兰、白兰花、含笑、厚朴皆属近缘姐妹,堪称花木珍品。其株高可达十米,枝条繁茂,树姿优美;叶色碧绿,呈宽椭圆形或倒卵状长圆形,叶背具白粉;花生枝顶,与叶对生;五至六月开放,花期长达半年;每花六瓣或九瓣,花瓣洁白,花萼粉红,雄蕊紫红。怒放之际,千枝万蕊,满树银花,宛如玉圃琼林、雪山琼岛,蔚为奇观。因其花梗细长,盛开时随风飘荡,芳香四溢,在时隐时现的云雾缭绕中翩然起舞,婆娑多姿,恍若天女散花。近人张宜武《天女木兰》一诗,堪称此花真实写照:"清泉甘露灌情怀,瓣白萼红久不衰。华夏为何繁似锦,只缘天女散花来。"

可喜的是,作为国家重点保护植物的天女花,在安徽黄山散花坞同样可以一睹仙姿神采。说起黄山,人多重其奇松、怪石、云海而谓之"三绝",对其蕴藏甚丰的名葩珍卉,却往往失之疏略。其实,早在明代,就有一位雪庄和尚潜身此山,苦心搜寻并描画了山中奇花异草凡百二十种,可见此山珍稀物种着实不少。前人曾有诗云:"山中可名唯二葩,木兰杜鹃并相夸。吸风承露争逐放,深红浅白斗云霞。"显然,其珍奇花木虽多,当以杜鹃、木兰居先。而与黄山木兰同属、野生于海拔一千四百米的十八道弯等处之黄山天女花,更是极负国际盛名,向被誉称为黄山众芳之冠。每逢花期,花朵微垂,如雪似玉。开到盛时,依风低昂,俏影绰约,宛如天女酣舞仙苑,轻盈曼妙,独具佳色。自称"因工作之便,久在山中,有幸尽赏其妍"的吕秋山,就曾激情难抑,击掌高吟:"岩旁溪畔伴冰川,天女持花下九天。万朵芬芳遍地散,漫空飘舞一时鲜。"读者诸君若有雅兴逸趣,不妨亲临此山现场,探幽寻芳,一饱眼福。

# 榆花结荚巧如钱

唐天宝十载（751）三月，嘉州刺史岑参来到春光初临的凉州（古州名，辖今甘肃永昌以东、天祝以西一带地区）城，蓦然发现道旁榆钱初绽，树下有个老翁正在沽酒待客，不由吟道："老人七十仍沽酒，千壶百瓮花门口。道旁榆荚乃似钱，摘来沽酒君肯否？"卖酒翁有无作答，史无记载，不敢妄说。倒是稍后元和进士施肩吾的《戏咏榆荚》，似代作了回答："风吹榆钱落如雨，绕林绕屋来不住。知尔不堪还酒家，深教夷甫（晋清谈家王衍，字夷甫，辩才高超，名倾当世）无价处。"

榆，据《本草纲目》引王安石《字说》称："榆沴俞（此指从容自得之貌）柔，故谓之榆。其枌则有分之云道，故谓之枌。其荚飘零，故曰零榆。"其为落叶乔木，计有刺榆、梓榆、姑榆、枌榆、榔榆等十数个品种，分布甚广，各地可见。《诗经·唐风·山有枢》尝云："山有枢，隰（湿地）有榆。"树甚高大，冠呈扇形，荫可庇人。《陈风·东门之枌》"东门之枌，宛丘之栩（即橡栗）。子仲之子，婆娑其中"，即是描述古人在榆树下悠然休憩的景象。此树早春花叶同出，花后结荚，似钱而小，状薄如纸，色白成串，俗称榆钱。宋孔平仲有诗道："镂雪裁绡个个圆，日斜风定稳如穿。凭谁细与东君说，买住青春费几钱。"清张劭与金璇也曾分别戏咏，"根疑泉府偷灵气，树笑铜山炫富名。遥集一囊看不得，飘零空买路旁情"，"小于鹅眼薄于萍，几许功夫造得成。莫为中心难着贯，恐人呼作孔方兄"。更多的则嘲其徒有虚名。如明李玉英云："柴扉寂寞锁成春，满地榆钱不疗贫。云鬓衣裳半泥上，野花何事独撩人？"清吴信辰亦曰："桃花笑老榆，汝是摇钱树。不能济王孙，飞来复飞去。"

榆钱虽非真钱，然责其不能疗贫，倒也未必。吾国北方素有春食榆钱习俗，"阳春三月麦苗鲜，童子携篮摘榆钱"，即为写照。其食法可炒可煮可作蔬可制馍可熬粥甚至可酿酒，若将其煮熟晒干，掺入炒熟的面粉，再加葱花、姜末、精盐制成榆仁酱，鲜嫩爽口，风味独特。而一旦逢上灾荒，则不仅榆荚，连其嫩叶、树皮都成了饥民果腹之食。清刑部尚书魏象枢有次去一村庄，但见"烟火尽绝风塞户，路旁老人携稚儿，手持短铁剥榆树"，此公好比晋惠帝司马衷获奏天下荒馑民多饿毙而竟大惑不解"何不食肉糜"，连连惊问"剥榆何所为"？村民哽咽作答，"去岁死蝗前死寇，数十村落无孑遗"，"独留余生伴荒草，不剥榆皮焉能饱"？"榆皮疗我饥，那管榆无皮"，"今朝有榆且剥榆，榆尽同来树下死"。

苏东坡因"乌台诗案"于湖州知州任上被逮，押解汴京（今河南开封）入狱。他在狱中回忆一路所见榆树，即物抒怀，以榆自比："我行汴堤上，厌见榆阴绿。千株不盈亩，斩伐同一束。及居幽囚中，亦复见此木。蠹皮溜秋雨，病叶埋墙曲。谁言霜雪苦，生意殊未足。坐待春风至，飞英复空屋。"其"霜雪"、"春风"语意双关，自信无罪必释。清协办大学士、《四库全书》总纂纪昀极赞其"纯用寓意，妙不怨怒"。

# 槟榔紫穗百花开

据宋释惠洪《冷香夜话》披露，盛赞槟榔"可疗饥怀香自吐，能消瘴疠暖如薰"之苏轼谪居儋耳，见黎女插茉莉，嚼槟榔，便戏云："暗麝着人簪茉莉，红潮登颊醉槟榔。"恰与朱熹《咏槟榔》"忆昔南游日，初尝面发红"所咏不谋而合。同代姚宽凡事较真，闻知"闽广人食槟榔，初食微觉似醉，面赤"。所谓"兼荔枝之五滋，能发红颜；类芙蓉之十酒，登玉案而上"，故对"红潮登颊"一说深信不疑，于是便对韩翃名句"槟榔满把能消酒"大惑不解，疑窦丛生："岂醉人赤面而又言消酒？"后读罗大经《鹤林玉露》所记，"槟榔之功有四：醒能使之醉，醉能使之醒，饥能使之饱，饱能使之饥"，方恍然大悟："乃知苏、韩二诗不为矛盾。"

说起槟榔的消食功能，有则典故足以折射世态炎凉，人情冷暖。据《南史·刘穆之传》载，南朝刘宋尚书右仆射刘穆之少时家贫，好往妻兄江家乞酒食，屡见辱，不为耻。有次江家有庆会，又不请自到，食毕复求槟榔。其妻兄嘲之曰："槟榔消食，君乃常饥，何忽须此？"后刘为丹阳尹，特拟宴请江氏兄弟，其妻担心丈夫挟怨报复，再三致谢求免。刘笑答："本不怀怨，无所致忧。"及至宴毕醉饱，刘含泪命厨人以金屑拌贮槟榔一斛，馈赠妻兄。闻者无不欷歔感叹。槟榔除可消食，尤能防御瘴疠，人称"消瘴丹"。明初刘基有诗可证："槟榔红白文，色以青扶留。驿吏劝我食，可已瘴疠忧。"

有人认为，槟榔"尖者为槟，圆者为榔"。然李时珍却释曰："宾与郎皆贵宾之称。"其实，西晋嵇含《南方草木状》即曰"交广人凡贵族婚客，必先呈此果，若邂逅不设用，相嫌恨"。《正德琼台志》亦称"亲宾来往非槟榔不为礼"，可见本义盖取于此。张湄《槟榔》一诗咏道："睚眦小忿久难忘，牙角频争雀鼠伤。一抹腮红还旧好，解纷惟有达槟榔。"趣言槟榔竟能消解人间积怨。其树系槟榔科槟榔属常绿乔木，我国南方广有种植。当年北周庾信尽管长途跋涉，却屡邂逅此树："绿房千子熟，紫穗百花开。莫言行万里，曾经相识来。"据晋人俞益期《与韩康伯笺》描述："大者三围，高者九丈余；叶聚树端，房栖叶下；花秀房中，子结房外。其擢穗如黍；其缀实似谷；其皮似桐而厚；其节似竹而概；其中空其外劲其屈如复虹；其伸如缒绳；本不大，末不小，上不倾，下不斜；稠直亭亭，千百若一，步其林则寥朗，庇其荫则萧条，信可以长吟可以远想矣！"正是"仰望渺渺，如插丛蕉于竹梢；风至独动，似举羽扇之扫天"。其花单生，色洁白，三至八月开放，恰如孔尚任所咏："一朵奇葩何处来？夭桃郁李漫疑猜。北人都爱炎方果，天教花于冷地开。"而果实之特写则是："其实作房，从叶中出，旁有刺若棘针，重叠其下，一房数百实，如鸡子状，皆有皮壳。其实春生，至夏乃熟，肉满壳中，色正白。"早在梁代，刘孝绰即曾赋诗坦陈酷爱品尝此果，"陈乳何能贵，烂舌不成珍"，"微芳虽不足，含咀愿相亲"。

　　清初京官程石臞特嗜槟榔，上朝犹乐而不疲。尚书王士禛嘲曰："趋朝夜永未渠央，听鼓应官有底忙。行到前门天未启，桥中端坐吃槟榔。"汪景祺因将此事实录于《读书堂西征随笔》，竟被雍正斥为"悖谬狂乱至于此极"而惨遭"立斩枭示"。

# 合欢花开合家欢

北宋枢密副使、魏国公韩琦有首赏花诗,至今读来饶有风趣。据他看来,"俗人之爱花,重色不重香。吾今得真赏,以矫时之常"。何为"真赏"而"矫时"呢?"所爱夜合香,清芬逾众芳。叶叶自相对,开敛随阴阳。不惭历草滋,独擅尧阶祥。得此合欢名,忧忿诚可忘";原来是竭力推崇合欢,"茸茸红白姿,白和从风扬。沉水燎庭槛,薰陆纷缨裳。弥月固未歇,况兹夏景长";至此感慨系之,"凡目不我贵,馥然徒自将。仲尼失明灭(即澹臺灭明,因丑而失宠),史迁疑子房(即张良)。以貌不以行,举世同悲伤";最后竟大声疾呼,"予欲先馨德,群艳孰可芳。古经妖牡丹,须逊花中王"。

合欢,为豆科落叶乔木,名始现《本草经》。其处处有之,枝甚柔弱,绿叶似槐,小而对生,昼开夜合,故别称合昏或夜合。晋嵇康《养生论》尝言:"合欢蠲忿,萱草忘忧,愚智所共知也。"李善注引崔豹《古今注》曰:"合欢树似梧桐,枝叶繁,互相交结,每一风来,辄自相离,了不相牵缀,树之阶庭,使之不忿。"又云,"欲忘人之忧,则赠以丹棘(萱草);欲捐人所忿,则赠以青棠(合欢)。"好事者并引老杜诗句"合欢当知时,鸳鸯不独宿",作其注脚。清李渔更是出语惊人,"萱草可以不树,而合欢则不可不栽","凡见此花者,无不解愠成欢,破涕为笑"。晋人杨芳《合欢》一诗,可谓道出了此辈共同心声:"南邻有奇树,乘春挺素华。丰翘被长条,绿叶蔽朱柯。因风吐微香,芳气入紫霞。我心羡此木,愿徙著余家。"

花草果木,代有时尚。尽管合欢枝枝相连,叶叶交合,朝暮同处,知时舒卷,实因其叶柄基部之储水小囊作用所致。原来,此囊能依据光线强弱和温度高低自行调节吸、放水分,随之产生膨胀或收缩,而由此出现昼开夕合神奇现象,然自古人皆乐意以其比兴伉俪情深、鸾凤和鸣。晋唐文人尤重此花,频作诗画。当然,称可"蠲忿",值得商榷。比如唐李颀《题合欢》诗云:"开花复卷叶,艳眼又惊心。蝶绕西枝露,风披东干阴。黄衫漂细蕊,时拂女郎砧。"由"合欢"之称联想,抒写闺中怨妇孤独情怀,何曾"解愠成欢"?再如白居易咏"晚开夜合"道:"移晚校一月,花迟过半年。红开抄秋日,翠合欲昏天。白露滴不死,凉风吹更鲜。后时谁肯顾,唯我与君怜。"看来亦非此花为人"蠲忿"。反是白公对迟开之花爱怜交加。无独有偶,清人陈瑛亦填词道:"蠲忿同犀,忘忧似草,信否祛农烦绪。莒说同心,枝名连理,错迕凭谁述。孤枕梦回,独眠人起,惯自两眉峰聚。"分明是"两眉峰聚",又何曾"破涕为笑"?看来,还是吴师道一语中的:"合欢爱嘉名,矧复知昏旦。离离青叶解,冉冉红茸散。静和宿露卷,动与微风恋。物意岂悦人,和乐自堪玩。"

　　合欢入夏开花,须端染紫,俯垂有姿,绯云朵朵,朝霞灿灿。其色上半红,下半白,人称"红白开成蘸晕花"。又因散垂如丝,状如马缨,别称马缨花。诚如清吴其濬《植物名实图考》所称:"合欢即马缨花,京师呼为绒树,以其花似绒线,故名。"元袁桷"马嘶不动游缨耸,雉尾初开翠扇张"及清乔茂才"长亭诗句河桥西,一树红绒落马缨",即歌其风姿芳韵,清新隽永,颇堪玩味。

# 优昙花好不轻开

"清角声高非易奏,优昙花好不轻开。须知极乐神仙境,修炼多从苦处来。"袁枚《箴作诗者》一绝所咏,自是真知灼见,堪称金玉良言。无独有偶,陈去病诗悼花季早殒的吴江才女叶小鸾,亦有"剧怜优昙仅一现,兰摧玉折纷流霞"之叹。那么,所谓"优昙花",究竟是种什么样的花卉呢?

"优昙"系梵语,亦作"优昙钵"或"优昙钵罗"。《法华经》"优昙花三千年一见,见到金轮出世"、"如优昙钵花时一现耳";《长阿含经·游行经》"如来时时出世,如优昙钵花时一现耳",即屡提及此花。徐珂《清稗类钞》尝云:"优昙钵罗花,西域种也。"并称云南曾有三树:其一在大理和山,俗称和山花。树高六七丈,似桂,花白色,十二瓣,闰岁为十三。佛日盛开,异香芳馥。中有一穗如稗,卓然挺秀。惜于清初已被俗僧所毁;其二在昆明土主庙。树高二十丈,枝叶丛茂。每岁四月,花开如莲,有十二瓣,闰年亦多一瓣。相传由神僧菩提巴波自天竺携种植之。后经兵燹,亦毁坏无迹;其三在安宁州曹溪寺。此寺东邻有温泉,即明正德状元杨升庵所题"天下第一温泉"处。寺内优昙树扶疏百尺,绿叶似婆罗,有九丝,白花,如莲,分九瓣,香如沉水,有蜜气。其蕊色紫如球,不结实。此说所述,大致可信。晚明江阴奇士徐霞客勘察土主庙,尚有幸目睹此树安然无恙,实录道:"大四五抱,干上耸而枝覆盖,叶长两三寸,似枇杷而光。土人言,其花亦白而带淡黄色,瓣如莲,长亦两三寸,每朵十二瓣。"此公耽奇嗜僻,旋又专程奔赴曹溪寺"观优昙树",发现"其树在殿前东北隅二门外坡间,今已筑之墙版中,其高三丈余,大一人抱,而叶甚大,下有嫩枝旁丛,闻开花当六月伏中。其色白而淡黄,大如莲而瓣长,其香甚烈而无实"。可谓耳目所亲,见闻甚确。

然有人声称,云南尚不止这三棵优昙树。乾隆年间长洲学人朱象贤即撰文自述,曾于滇亲见另三株优昙树:"抚署之一为最大,高可二丈许,本大可围二尺,苍苔斑驳,枝干夭矫。其外则督署、府署各一,皆不及也。"据说其叶及花,均似玉兰。所异者,只在大小与香色。三四月之交作花,茂者七八月亦花。花朵大于玉兰,色白,花萼微绿,每朵九瓣,分两次绽放,全舒后即渐萎败。至于曹溪寺之优昙,此公前去探访时仅见护花楼一座,知其即为护卫优昙树而构建,所叹楼虽存树已不复存世矣。

至此,谜底似已了然,然事情远非如此简单。前人著述语涉优昙,犹多歧义。如吴青壜《岭南杂记》称此花如百合而色紫,合二三十攒为一朵,香烈异常。吴宝崖《旷园杂志》则载,泉州龙华寺有优昙根如芋,叶如蒲,高七八尺,花从叶吐,一蓓三十余花,外殷紫,内微红,似辛夷,香极清。这正是:学如测海深难识,理未穷源事可疑。真相扑朔迷离,尚俟力探极讨。难怪苏轼深感迷茫:"优昙钵花岂有花,问师此曲唱谁家?"至于2010年媒体忽然相继爆料,宣称"传说三千年一开的仙界极品优昙钵罗花惊现江西庐山,其花清白无俗艳,被尊为佛家花"云云,一时街谈巷议,广为传扬。然究其实,无非闹剧一场,徒留笑柄而已。

# 漫山杨梅鹤顶丹

"五月杨梅已满林,初疑一颗价千金。味方河朔葡萄重,色比泸南荔枝深。"每当夏至时节,金黄的枇杷刚过令,紫红的杨梅便接踵上市,随处可见一派"绿阴翳翳连山市,丹实累累照路隅"的喜人景象。

杨梅,李时珍释其名道,"形如水杨子而味似梅,故名"。别称珠红、龙睛,系常绿灌木或乔木。春季开花,果夏熟,色有红、白、紫三种。据考,吾国已有两千余年栽培历史。早在西汉,东方朔《林邑记》载:"林邑山杨梅,其大如杯碗,青时极酸,既红,味如崖蜜,以此酿酒,号梅香酎。非贵人重客,不得饮之。"南朝江淹《杨梅赞》对其极尽赞美之辞:"宝夸荔枝,芳轶木兰。怀蕊挺实,涵黄揉丹。镜日绣壑,照霞绮峦。为我羽翼,委屈玉盘。"据明王象晋《群芳谱》遴选:"杨梅会稽(郡名。秦初于原吴越地置,治吴县,即今苏州)产者为天下冠。吴中杨梅种类甚多,名大叶者最早熟,味甚佳。"谢肇淛《五杂俎》亦道:"上苑之苹婆(即苹果),西凉之葡萄,吴下之杨梅,美矣!"恰如宋杨万里所诗:"梅出稽山世少双,情知风味胜他杨。玉肌半醉生红粟,墨晕微深染紫囊。火齐堆盘珠径寸,醴泉绕齿柘(通蔗)为浆。故人解寄吾家果,未变蓬莱阁下香。"

杨梅

杨诗所称"吾家果",并非空穴

来风。据南朝刘义庆《世说》载,后汉杨修少而敏,当其年方九岁时,孔君平造访其父杨彪,彪外出不在,乃晤修,因见有杨梅,遂指而戏云:"此是君家果。"修应声还击:"未闻孔雀是夫子家禽。"孔愕然而语塞。不过,杨姓人自此乐与杨梅沾亲带故。明吴县(今苏州)杨循吉与清无锡杨茅灿就分别吟有"杨梅本是吾家果,归来相对叹先作"、"夜深一口红霞嚼,年来最忆吾家果"之句。钱塘名士金农亦道:"摘来颗颗含甘浆,登盘此是杨家果。"至于宋方秋崖所咏的"五月梅晴暑正祥,杨家亦有果堪攀……略似荔子仍同姓,直怨前身是阿环",趣称其为杨玉环转胎而成,真乃奇思妙谑,令人莞尔。

"火齐无光荔实圆,未尝先说齿已涎","馋客几尝山雨湿,佳人一笑玉盘空"。尽管杨梅掌故不少,然人们喜爱杨梅,恐毕竟注重其独特风味。明徐阶有诗可证:"折来鹤顶红犹湿,剜破龙睛血未干。若使太真知此味,荔枝焉得到长安。"在此公看来,杨梅是远胜荔枝的。据传,古时闽乡、吴郡两个书生赶考,相遇于京,各以乡产自夸,一赞荔枝,一颂杨梅,唇枪舌剑,相争不已。后闽生挥毫大书"闽乡玉女含冰雪",吴生提笔相续"吴郡星郎驾火云"。势均力敌,难决雌雄,徐为专咏其事:"闽夸玉女含香雪,吴美星郎驾火云。草木无情争底事,青明经对赤参军。"可见,杨梅即便不胜荔枝,绝可与之匹配媲美。至于其美妙口味,早被宋人方岳一语道破:"筠笼带雨摘初残,粟上生寒鹤顶殷。众口但便甜如蜜,方知奇处是微酸。"正因其"微酸",故经验老到者习用盐水先渍过,再食用,既杀菌,又护齿。诚如李白所云:"玉盘杨梅为君设,吴盐如花皎如雪。"看来,大唐美食家便已熟知此中奥妙。然虽如此,仍非尽人可享。比如明代姑苏名士文徵明每吃杨梅必致过敏而痛楚不堪,无奈只能戏作《解嘲诗》道:"天生我口惯食肉,清缘却欠杨梅福。"

# 枣花至小能成实

几将宋前所有书法名作网罗殆尽的《淳化阁帖》不幸流失海外千年,终被上海博物馆重金抢救回归,堪称旷世义举,功德无量。此帖乃北宋淳化三年(992),由太宗命侍书王著将内府所藏自汉至唐名迹,镂枣木板摹刻汇集而成。值得注意的是,其材质是"枣木板",而非任何他木。正因自古刻书必用梨、枣,遂有以"梨枣"代指书版之说。仅此一点,枣似足有资本傲视天下众木。

"北园有一树,布叶垂重阴。外虽多棘刺,内实有赤心。"后秦赵整所咏《枣》诗,直言枣有赤心,木质坚韧。实难想象,枣即便枯死,犹铁干铜枝,一副不甘罢休的倔强状态。清龚自珍《羽陵之西有枯枣一株,不忍斧去》云:"西墙枯树态纵横,奇在全凭一臂撑。烈士暮年应学道,江关词赋笑兰成。"其诗极为欣赏枯枣刚强禀性,表示决心老骥伏枥,志必大有作为,而绝不学词赋名家庾信(字兰成)只是苦吟凄凉之作。枯枝如此,干材堪当大任可想而知。白居易《杏园中枣树》所吟:"人言百果中,唯枣凡且鄙。皮皱似龟手,叶小如鼠耳。胡为不自知,生花此园里?岂宜遇攀玩,幸避遭伤毁。二月(其于贞元十六年(800)二月进士及第)曲江头,杂英红旖旎。枣亦在其间,如嫫(黄帝贤妃嫫母)对西施。东风不择木,吹煦长未几。眼前欲合抱,得尽生生理。寄言游春客,乞君一回视。君爱绕指柔,从君怜柳杞。君求悦目艳,不敢争桃李。君若作大车,轮轴材须此。"便是以枣自况,暗示朝廷,渴求委予重任。

前人常用"荆棘遍地"描述古代植被景观。所谓棘,便是野生酸枣。先民将其不断优选驯化，遂有了枣。此树"四月生小叶，尖觚光泽，五月开小花，白色微青。南北皆有，唯青、晋所出者肥大甘美"。枣自古即与桃李栗杏并称"五果"，地位声誉不亚五谷。故《礼记》有"妇人之挚，椇榛脯脩枣栗"之记；《神农本草经》有"补五脏、治虚劳、健脾、滋阴"之赞；宋王文康有"枣花至小能成实，桑叶唯柔能吐丝。堪笑牡丹如斗大，不成一事只空枝"之颂。吾国植枣，历史甚久，河南新郑新石器遗址尝有枣核赫然问世，而"华夏枣都"山东无棣至今犹存一株年逾千岁的"唐枣"，九瘿七窍，虬枝交错，令人叹为观止。另在《诗经》，早有"园有枣，其实已食"及"八月剥（通扑）枣"之吟；《史记·封禅书》亦有术士李少君面陈武帝刘彻"尝游海上，见安期生，安期生食巨枣，大如瓜"之载，后人遂以"枣大如瓜"、"安期枣"指称令人歆羡之物。苏轼"海上如瓜枣，可闻不可逢"，辛弃疾"枣瓜如可啖，直欲觅安期"，皆典于此。正是这位刘彻，有次上林苑献枣，正逢太中大夫东方朔路过，便一时兴起，以杖敲击未央殿槛道："叱来叱来，先生可知箧中何物？"朔曰："上林枣四十九枚。"武帝惊问何以知之？朔笑答："呼朔者上（指帝），以杖击槛双木为林；来来乃枣；叱叱者四十九也。"武帝仰天大笑，当场赐帛十匹。

　　北朝乐府有歌道："门前一株枣，岁岁不知老，阿婆不嫁女，那得孙儿抱。"其时狼烟四起，战乱频仍，年轻男儿纷纷捐躯沙场，女子择婿谈何容易？木质坚硬、生长缓慢之枣树，既能隐喻年复一年，蹉跎岁月；又可暗示人非草木，岂不忧老？实乃就地取材，比兴巧妙。

## 橙花细白好蒸茶

"千艘飞过石头城,猎猎黄旗发鼓声。中使向前传令急,江南十月进香橙。"明初文华殿大学士王弼这首《舶上谣》,为后人聚焦了当时进贡香橙隆重而喧闹的一个场景瞬间。可见,橙在其时,身价不凡。怪不得另一位孝宗朝文渊阁大学士李东阳亦倾情而咏:"朱门美菊采先芳,玉圃新橙摘早霜。传送满盘真斗色,分看随手各矜香。深怜便合携尊酹,暂贮应须得蟹尝。独醉秋堂卧风物,一年晴雨任重阳。"

橙之进贡,非始于明。《唐书·地理志》载:"江陵府上贡柑橙橘桽(漆柿),建州土贡橙,合州土贡橙。"帝王嗜橙,由此可见。另据《西京杂记》载,早在西汉,皇家御园上林苑就"有橙十株",进行人工栽培。及至南宋,韩世忠之子韩彦直《橘录》所载二十七个柑橘品种,包括柑类八个,橘类十四个,五个橙类品种也赫然在列。橙,又名蜜橙或甜橙,为芸香科落叶灌木或小乔木。其树高丈余,似橘而有刺;叶有刻缺,果实似橘而稍大,经霜早黄,皮粗皱厚,却香气馥郁,瓤味甜中带酸,宜制蜜渍。别有所谓香橙者,俗名金毬,为常绿亚乔木。初夏开白花,越冬实熟,皮厚香烈;另一种蟹橙,即臭橙,皮松味辣,可入药用;蜀地还产有一种给客橙,似橘而实非,若柚而独香,冬夏花实相继,通岁得以食之,别称卢橘。

自汉张衡《南朝赋》率先诗咏"穰橙邓橘",历朝文士趋之若鹜,争相吟唱。如唐李白"青橙拂户牖"、杜甫"细雨更移橙"、孟郊"橙橘金盖槛"、张籍"溪寺黄橙熟"、白居易"红鲙黄橙香稻饭"、李欣"种橙夹阶生得地"诸咏,便都堪称名句。两宋以降,佳篇尤多。如苏轼"一年好景君须记,正是橙黄橘绿时",宋祁"漂泊江南春欲尽,山橙仿佛慰人心",梅尧臣"洞庭朱橘未弄色,襄水锦橙已变黄",欧阳修"嘉树团团俯可攀,压枝秋实渐斑斓",黄庭坚"天将金阙真黄色,借与洞庭霜后橙",刘子翚"橙齑细缕风韵胜,我不痛饮那知音",陆游"卧听床头压酒声,起行林下摘新橙",如此等等,无不香沁齿间,情溢笔端。而周邦彦写及"新橙"的《少年游》一词,更是被人誉做"神品"。据《贵耳集》载,周郎有次与汴京名妓李师师私约幽会,忽报圣驾降临,两人惊慌失措,周仓促间匿于床下。徽宗赵佶与师师相狎多时,准备起驾回宫。李却假意挽留,赵犹温语辞别。两人对话被周听得一清二楚,心有所感,遂谱《少年游》云:"并刀如水,吴盐胜雪,纤手破新橙。锦幄初温,兽烟不断,相对坐调笙。 低声问:向谁行宿?城上已三更。马滑霜浓,不如休去,直是少年行。"后李与赵再次相会,一时忘情,竟将此曲唱了出来。赵佶知情,下旨将周贬出汴京。亏得李深念旧情,亲填《兰陵王》词一阕,着实打动了徽宗,御封周作了大成乐正。从此,君臣同狎一妓,竟然相安无事。

宋人林洪《山家清供》记有"蟹酿橙"制作一法:将橙大者,截顶去瓤,留少许汁液,以蟹膏纳入内,仍以带有枝叶的顶盖复之。随后入甑,用适量酒、醋、水蒸熟。再加调料及盐。据称此馐既香又鲜,用以佐酒赏明月品螃蟹,不亦乐乎?而明养生家高濂《遵生八笺》又载:"橙花细而白,香清可人,以之蒸茶,向为龙虎山上进御绝品。园林种之,可收作此。"

# 佛手拈花散天香

曹雪芹笔下的贾氏荣国府，可不比其本人著书黄叶村时"茅椽蓬牖，瓦灶绳床"的草堂陋室，而是"赫赫扬扬，已将百载"的"钟鸣鼎食之家，翰墨诗书之族"，"饮甘餍肥"，骄奢淫逸。出人意料的是，如此穷奢极欲的世袭豪门，对某些平常之物，只因其时尚不多见，竟亦奇货可居。如七十一回写及一蜡油冻的佛手，本仅区区一蜡制模具而已。然贾府却将其视做古董珍玩，价款既在古董账下开支，贾琏又不时向鸳鸯追问下落。据平儿说，这位琏二爷曾想将其转送外人，只奈凤姐执意不肯，依然小心珍藏。所叹物与人同，因时而异。从无文凭的钱穆足称国学大师，若在今日，只怕招工一关难过也。

每届橙黄橘绿时节，佛手照例又果压枝头。其树系芸香科柑橘属常绿小乔木或灌木，古称枸橼。株高三四尺至丈余，每年花开两三次，花生叶腋，内白外紫，甚芳香。其果春花所结者质量稍逊，形不规整；深秋成熟者饱满充实，称之优果。皆皮色金黄，馨香馥郁，顶端初裂如拳，张开状似佛手。《本草纲目》尝称"其实状如人手，有指，俗称佛手柑"。昔人爱将此果用做馈赠亲朋的妙品嘉礼，并辄与灵芝并陈，以为清供。如《红楼梦》探春房中，"左边紫檀架，上放着一个大官窑的大盘，盘内"，正是"盛着数十个娇黄玲珑大佛手"。奇妙的是，此物皮肉若有破伤，竟能自愈消痕。也许正因具此异禀，其花、果俱可入药，一如《本草便读》所云："佛手，专攻理气快膈。"经现代药理实验证实，其花性味辛苦酸，温，有平肝之功，日出前采收烘干即可备用；而果则具理气和中、舒肝理郁、行气止痛、和胃化痰之良效。

佛手作为花果兼备观赏宠物，前人频频将其或入画丹青，或仿琢玉器，或制作蜡模，以供赏玩；吟诗作词，更是屡见不鲜。诗僧大成所咏七律颇具逸趣："纤纤如玉自相当，不见全身何处藏。摩顶冷将山洗翠，按胸轻从海生光。止啼叶弄秋风急，析色香分涧水忙。四十九年如捉影，看来岂独面皮黄。"袁枚《随园诗话》亦录有镇江布衣李琴夫《吟佛手》一绝："白业堂前几树黄，摘来犹似带新霜。自从散得天花后，空手归来总是香。"这位性灵派盟主由衷赞道："咏佛手至此，可谓空前绝后矣。"然平心而论，明宁王朱权六世孙朱贞吉之作，大可与其媲美："春雨空花散，秋霜硕果低。牵枝出纤素，隔叶卷柔黄。指竖禅师悟，拳开法嗣迷。疑将洒甘露，似欲揽伽梨。色现黄金界，香分白麝脐。愿从灵运后，接引证菩提。"再如明陈邦屏"玉液分仙品，金衣借佛尊。掌擎承露瓣，爪破落霜痕。性未空诸相，香犹带六根。洞庭曾作酿，独重给孤园"之咏，亦足令人莞尔。而清董元恺之词作，同样毫不逊色："南海春工早，西天秋意凉。翠叶压霜橘，素葩发幽光。散来雪山花瓣，淡拂佛国严妆。清绝绮阁琼窗。夜静梦魂香。　皓月澄疏影，冷蕊促飞觞。匀膏渍粉，曾经共沐芬芳。恰轻拈微笑，东风屈指，合掌云屏伴法王。"

　　佳诗妙词不少，巧联更是时有所闻。殷如梅"谢人惠佛手"，特撰联云："数来千指屈伸，总是无名；看去两枝大小，岂能垂手？"语虽谐趣，意实机警。而刘含芳的"欲将佛手双垂下，摸得人心一样平"，更是禅意机锋，足以醒世，九华山化城寺大雄宝殿今犹高悬此联。

# 银杏嘉树世间稀

明代兵部尚书徐晞有次返故里江阴，县令率诸生郊迎。诸生藐视此人非科班出身，傲而不恭。县令故意出联曰："劈破石榴，红（黉）门中许多酸子。"诸生无人应对，徐公遂代作答："咬开银杏，白衣里一个大仁（人）。"诸生大窘，无地自容。

作为银杏科银杏属落叶大乔木的银杏，恰如《本草纲目》所称："叶似鸭掌，因名鸭脚。宋初始入贡，改称银杏，因其形似小杏，而核色白也。今名白果。"另因一般第一代栽树要到第三代方可收获，别名公孙树。据1989年我国河南义马所发现的世界上已知最早、保存最完整之银杏化石，确证此树为几亿年前古生代二叠纪后期孑遗植物。远在二亿七千多万年前，银杏祖先就已问世。时在三叠纪、侏罗纪此树极为茂盛，已和称霸世界的恐龙一样遍布世界各地。在冰川运动时期，绝大部分银杏与恐龙同时惨遭灭绝，只有吾国华中、华东局部地区，由于地形复杂，冰川较少，生长在这里的银杏，在这场灭顶之灾中得以幸免于难，保存至今，堪称活化石。伊钦恒有诗赞道："叶形片片似鸭足，亿载绵绵古生木。英姿挺拔插云天，羞与百卉随流俗。誉为现代活化石，侏罗纪后剩遗族。环宇诸邦荡无存，唯我神州实奇独。"遗憾的是，如此古老珍稀的树

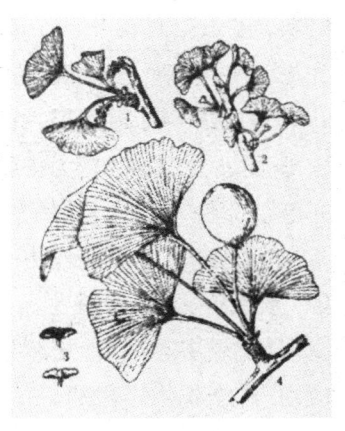

银杏

种,却竟"神农本草阙,夏禹贡书无"。大致到了南宋宝祐年间,陈景祁《全芳备祖》方才对其率先作了记述。因此,李时珍不无遗憾地宣称:"银杏,宋初始著名。"

银杏遁世既久,文人题咏自亦姗姗来迟。宋欧阳修尝云:"鸭脚生江南,名实未相浮。绛囊因入贡,银杏贵中州。"此翁虽非果农,倒也熟谙其树非寒冷北地可种。而自称"吾乡宣城郡","高林似吴鸭,满林蹼铺铺,结子繁黄李"的挚友梅尧臣,有次不远千里寄赠银杏给他,惹得这位六一居士感动不已,"鸭脚虽百个,得之诚可珍","开缄重嗟惜,诗以报殷勤"。至于如何食用银杏,苏州状元吴宽堪称行家里手:"错落朱提数百枚,洞庭秋色满盘堆。霜余乱摘连柑子,雪里同煨有芋魁。"说到"煨",又不得不推杨万里手法老到:"深灰浅火略相遭,小苦微甘韵最高。未必鸡头如鸭脚,不妨银杏伴金桃。"此果味甘、苦,性平、微毒,有润肺、定喘、涩精、止带之功。《本草品汇精要》尝云:"煨熟食之,止小便频数。"《医学入门》亦载:"清肺胃浊气,化痰、定喘、止咳。"

银杏乃果、材、观赏三者兼宜的优良树木,常见变种计有黄叶、斑叶、裂叶、垂枝、塔状诸种。其树雌雄异株,雌者于三月开花成簇,无萼片、花瓣,形微时短,人罕见之。故明人石麟尝感叹"爱他离离只结实,曾无花谢花开日",其实纯属误解。此树寿命特长,尤以雄者为最。齐鲁大地之郯城有株植于周代的雄性银杏,身高41.9米,胸围8米,直径2.6米,冠广五六亩,至今"一干如虬刺九天,碧枝风拔五千弦"。而莒县定林寺曾为鲁隐公与莒子"盟于树下"的另一棵古银杏,亦已距今三千多年,实为已知存世最古老的银杏树。时至今日,高26.3米,粗15.7米,八条壮汉方可合抱。清初莒州太守陈全国为其勒石立碑,亲赋诗云:"大树龙盘会鲁侯,烟云如盖笼浮丘。形分瓣瓣莲花座,质比层层螺髻头。史载皇王已廿代,人经仙释几多流。看来古今皆成幻,独子长生伴客游。"

# 蝴蝶戏珠灵寿花

史称"柳州柳太守，种柳柳江边"的大唐名贤柳宗元，其实何止只爱种柳。且听其《植灵寿木》诗："白花照寒水，怡我适野情。前趋向长老，重复欣嘉名。蹇连（艰难意）易衰朽，方刚谢经营。敢期齿（谈及）杖赐？聊且移孤茎。丛萼中竞秀，分房外舒英。柔条作反植（弯曲而垂，势如倒长），颈节长对生。循玩足忘疲，稍觉步武（半步为武）轻。安能事剪伐，持用资（助）徒行。"此诗先写移栽灵寿木之经过，次写灵寿木之形态，再写因观赏而忘却疲劳，步履轻便。最终表示，不忍砍其作杖，以助行走。

灵寿木古名椐，一曰樻，叶圆而锐，枝节肿大，为忍冬科荚蒾属落叶或半常绿灌木。陆玑《诗疏》称："因其节中肿，可作杖以扶老。"原来此木枝干通直有节，外观与竹类相似，且每一节长不过八九寸，围粗才三四寸，无须人工削治，天然合乎杖制，故人都取其用做手杖，呼之"扶老杖"。古俗尊老礼制，恰如西汉朝廷诏书所颁，"高年赐王杖，上有鸠，使百姓望见之，比于节"，"年七十以上杖王杖，比六百石（前汉县级官吏俸禄），入官府不趋"。这是说汉代官方赐赠七旬以上老人王杖而享受县令级别待遇，出入官府不必行礼。古制如此尊老，恐令今人汗颜。另据《礼记》称："大夫七十而致仕，若不得谢，则必赐几杖。"意谓若欲挽留年过七旬者继续履任，则必须赐杖使其享受诸多特殊待遇。《汉书》载：平帝初王莽权日盛，身为太师的孔光上书称疾辞位，太后诏令赐其灵寿杖。《唐书》亦云：李靖为畿内道大使，患足疾，恳请致仕，帝遣中书侍郎赐灵寿杖。而所谓王杖或灵寿杖，即以灵寿木制成。后汉兰台令史李尤《灵寿杖铭》赞曰:"亭亭奇干,实曰灵寿。甘泉润根,清露流茎。乃制为杖,扶危定顷。既凭其实,亦贵其名。"唐代名医陈藏器甚至宣称,以此木"作杖,令人延年益寿"。

灵寿木现身始自《山海经》。如其《北山经》云"虢山其下多桐椐";《中山经》云"虎尾之山,其木多椒椐","龟山其木多椆椐";又《海内经》云"西南黑水之间,有都广之野,灵寿实华(通花)"。但尽管其"曲木天然秀,叨名席上珍",早先却并不为世所重。《诗经》之《大雅·皇矣》有句:"启之辟之,其柽其椐。攘之剔之,其檿其柘。"即道芟除它砍掉它,那种河柳与椐木;拔除它挖掉它,那些山桑与柘树。可见此时灵寿尚厕身杂木,命乖运蹇,频遭劫难。难怪有人叹其"莫问西来意,终为灶下薪"。直至被人发现可作手杖,这才时来运转,既频频出入高堂,又屡屡为人歌咏。如唐姚合云"纱中灵寿杖,行乐复相宜",宋曾肇云"林下搢(扗)来共燕息,省中携去宠师儒",明汤显祖云"欲扶灵寿上江天,茹菊寻芝总不仙。何得对餐延寿果,与君长似十年前",就连清代诗翁袁枚的女弟子亦皆"或捧灵寿杖,或敬上尊酒"侍奉师长,直教袁公乐不可支,喜而忘老。

远比母体幸运的是,美称"蝴蝶戏珠"的灵寿之花似未饱尝世态炎凉,而一向为人珍视宠爱。此花数蒂簇开,春秋皆发,娇丽可人,清芳四溢。郑犟有诗可证:"丽日添游兴,随风来去频。为赢芳志悦,故着彩裳新。胆怯青铜剑,情牵紫縠巾。翩翩艳丛舞,误认一家亲。"

# 无辜漆树受割刑

与老子李耳并称道家之祖的庄周,战国时期宋国蒙(今河南商丘东北)人。此公尝为该地漆园吏,于学博洽精深,无所不通;为文更是汪洋恣肆,著书万言。楚威王闻其贤能,遣使聘他为相。其坚拒曰:"子亟去,无污我。"王维"古人非傲吏,自阙经世务。偶寄一微官,婆娑数株树";裴迪"好闲早成性,果此谐宿诺。今日漆园游,还同庄叟乐";朱熹"旧闻南华仙(唐天宝初,诏号《庄子》一书为南华真经),作吏漆园里。应悟见割爱,嗒然空隐几",莫不俱咏此人此事。

漆树,株高二三丈,叶如椿,花似槐,干皮白而心黄。七八月间,以刀斧割其树皮,并用竹管承取汁液,此即所谓漆。漆汁初呈乳白色,一旦遭遇空气则变成褐色、朱红色乃至黑色。因竹木之器上漆后,既有光泽陡增美色,又不易腐朽而颇耐久,故漆自古即为身价不菲的珍品贡物。如《夏书·禹贡》即载"兖州厥贡漆丝"、"豫州厥贡漆枲"。意指夏代济水、黄河一带即多进贡漆器与蚕丝,河南地区之贡品则有漆器与麻丝。另考自周代以下,历朝出土文物,均有大量精美漆器,足证以漆器为皿,此风早盛。也正因此故,先民很早就大面积栽种漆树,如《货殖传》载:"陈夏千亩漆,与千户侯等。"阅《诗经》一书,其《秦风·东邻》之"阪有漆,隰有栗";《鄘风·定之方中》之"树之榛栗,椅桐梓漆";《唐风·山有枢》之"山有漆,隰有栗";无不力证当时漆树便与楸、梓、桐、栗等乔木同为重要树种,广被栽植,频现芳影。而此树不仅产漆,其材质通直又耐腐,大可用以制作家具、农械等物。且入秋经霜后,万叶透红,艳胜春花,堪称赏心悦目之观赏树木。

世多不公，树有冤屈。套用漆园吏庄子之言，那就是："桂（肉桂）可食故伐之，漆可用故割之。"难怪古时有人竟"愿在木而为樗（臭椿）"，认为"不才"反能"一枝不损尽天年"。君不见，历次政治运动，打压的莫不都是勇作思索、敢抨时弊之翘楚精英，蒙昧无知，反能无恙。对此，宋萧文山借咏《漆树》大鸣不平："天以晶华累而形，千夫钦镗可曾停？世间有器蒙鲜泽，林下无辜受割刑。砍坏孙枝难老大，摧残老干易凋零。退思禹贡周征日，未必如春税不征。"清初施闰章之七绝《漆树叹》更是借题发挥，为民请命，堪称振聋发聩："斫取凝脂似泪珠，青柯才好叶先枯。一生膏血供人尽，涓滴还留自润无？"

漆树之叶可入药。李时珍《本草纲目》称，其主治"五尸（此指五脏内五种浊气），劳疾，杀虫"。《后汉书·华佗传》尝载："彭城樊阿，少师奉陀。陀授以漆叶青黏散方，云：服之去三虫（此指人腹中之虫），利五脏，轻身益气，使人头不白。阿从其言，年五百余岁。"说是彭城（今徐州）樊阿尝向师父华佗恳求"可服食益于人"之秘方。华佗遂授以"漆叶青黏（又名地节、黄芝，主理五脏，益精气）散"。其方用"漆叶屑一斤，青黏散四两，是以为率"。据西晋葛洪《抱朴子内篇·至理卷五》对此事评述道："漆叶青蒝（即青黏），凡弊（平凡破弊之意）之草。樊阿服之，得寿二百岁，而耳目聪明，犹能指针以治病，此近代之实事，良史所记注者也。"看来，漆树之于人类，可谓以德报怨，全弃前嫌；粉身捐髓，鞠躬尽瘁。

# 兰开满枝米状花

康熙朝大学士明珠之子纳兰性德，满洲正黄旗人，康熙进士，官侍卫。此公爱才好客，善书能文，尝集宋元以来诸儒说经之书，刻为《通志堂经解》一千八百余卷。所著饮水侧帽词，更是清新秀隽，海内善词者皆归之。当然，词妙，诗作亦佳。如其咏米兰花云："石家（指西晋巨富石崇）金谷（石崇尝置金谷别墅）里，三斛（量器名，古以十斗为一斛，此指明珠）买名姬（指石崇爱妾绿珠）。绿比琅玕（竹之别称）嫩，圆因木难移。若兰芳竞体，当暑粟米肌。身向楼前堕（权臣孙秀欲得绿珠，石崇拒之。秀遂矫诏逮崇，绿珠自投楼下而亡），遗香泪满枝。"其诗既咏米兰又咏名姬绿珠，句句双关，丝丝入扣，以美人比拟香花，由联想生发悲情，亦花亦人，夹叙夹议，构思巧妙，耐人寻味。

米兰，别称米籽兰、鱼子兰、四季米兰，产吾国及越、印、泰等邦，为楝科米籽兰属常绿灌木或小乔木。此花在传统经典罕有记载，鲜见其名。然其虽无牡丹之富贵气、秋菊之傲霜劲，却特别芬芳馥郁，香气袭人。一般株高一二丈，枝叶茂密，树姿秀丽，叶片光润，四季常青。夏秋之间数次开放，花生叶腋，蕊细如米，香幽若兰，色泽金黄，骤见莫不令人误为金桂，堪称人见人爱的香花佳卉。诗人历来对其赞叹不已，如潘渊若咏曰"细蕊纷如桂，幽时静似兰。徐徐龙脑散，的的露珠团"，王天楷亦云"慢道花儿小，平生淡素妆。不随春竞艳，晚夏送幽香"，又王延陵道"金黄小蕊叶中藏，胜如牡丹花者王。以色示人未足贵，何如款款吐幽香"，刘文渊道"氤氲满室发清香，玉润珠圆点点黄。历夏经秋香未足，冬来依旧领群芳"。这正是：咏者似云，吟之如歌。

米兰旧称树兰。前清海宁名儒香继芸即以《咏树兰》为题,作诗吟道:"讲堂有花树,数见名不知。香色如幽兰,形亦酷肖之。丛生缀木末,秀出侪琼枝。吾舅雅好古(自注:谓笠湖舅氏),瓣香南丰师。检书惑始解,因名歌以诗。称名似区别,臭味无差池。以邻善人室,岂数无根芝。俗呼净瓶花,妍陋未可嗤。虽然仅皮相,意足深长思。言苟非同心,守口良亦宜。"诗中所云"南丰",乃指同代红豆词人吴琦。此公字园次,号南丰,曾任湖州知府,多惠政。四方名流,过从文谦,殆无虚日,时人称其为多风力、尚风节、饶风雅之"三风太守"。孰料却因之遭劾丢官,既归,创春江花月社。有求诗文者,唯以花木为润笔,名传遐迩,风雅一时。吴公一生酷爱米兰,尝屡宠之以词,其中有阕《减字木兰花·树兰》,道:"家原幽谷。自别湘沅非旧族。叶叶枝枝。婀娜江城玉露时。　灵均(即屈原。《离骚》"字余曰灵均")漫采。根蒂虽殊香未改。金粟前身,那用朝衣侍女薰。"

米兰之花、枝、叶俱入药,其性平,味辛、甘。其花功可舒郁宽胸,疏风解表,催生,醒酒,清肺,醒头目,止烦渴。主治胸膈胀满,咳嗽头昏,感冒胸闷;其枝、叶则能活血化瘀,消肿止痛,主治跌打损伤、风湿关节痛及一切肿毒。若将鲜米兰花与切成粒状的板栗及去核红枣同煮略焖,再以适量淀粉勾成米兰栗枣羹,既可口,又养生。此外,米兰花尚是佐茗泡茶之妙品,有诗赞曰:"瓜子小叶亦清雅,满树又开米状花。芳香浓郁谁能比?迎来远客泡香茶。"

# 贝多又白去年花

话说《西游记》中唐僧师徒历经千辛万苦，终于取得大乘经典凡三十五部，计五千零四十八卷，译布中华，宣扬胜业。搞笑的是，开始阿傩、伽叶故意将"卷卷都是白纸"的"无字之经"搪塞师徒，唐僧无奈而以钦赐紫金钵行贿，这才传了"有字真经"。未料事后在渡通天河时，突遇狂风，经包溺水，经打捞后"开包晒晾"，"不期石上把佛本行经粘住了几卷，遂将经尾沾破了"云云。当然，此系小说家言。其实，唐代西域释教流行的都是以贝叶刻写的佛经，恰如普陀山大佛寺楹联所云："我佛所宗，真如贝叶；众经之长，妙法莲花。"九华山甘露寺及化城寺大雄宝殿亦分别悬有抱柱长联，"西方贝叶演真经，总不出戒定慧三条法律；南海莲花生妙相，也只消闻思修一味圆通"，"九华名重青莲，莲花开九十九枝，莲花散九天，峰如西岳莲花香；三世衣传紫贝，贝叶遍三千三界，贝叶浮东海，佛出东方贝叶青"。时至今日，西藏犹珍藏有千余年前的贝叶经《婆罗门行续》，其彩绘佛像完好如初，鲜艳夺目。

顾名思义，贝叶即贝叶树之叶。此树亦名贝多、贝多罗或思惟树，乃阔叶棕榈常绿乔木，高大挺拔，树冠突出，叶长尺五六寸，阔五寸许，形似琵琶而厚大。奇怪的是，此树旺盛之时，只生叶长干，并不孕育花蕾。及至耄耋之年，方始萌生花芽，竭尽平生之力含苞怒放。小花淡绿而带白色，花谢结实后即渐枯亡。相传佛祖曾坐此树下思维，故为释家标志性树木。据唐段成式《酉阳杂俎》云："贝多出摩伽陀（即摩揭陀，印度古国，位于恒河中下游地区）国，长六七丈，经冬不凋。此树有三种,一者多罗婆力叉贝多;二者多梨婆力叉贝多;三者部婆力叉贝多","贝多是梵语,汉翻为贝叶多婆力叉者,汉言叶树也。西域经书用此三种皮叶,若能保护,亦得五六百年"。贝叶作经,通常要经砍叶、分割、烧煮、晾干、削剪、弹线、刻写、上色等数十道工序,最后装订成册。东晋王嘉《拾遗记》载:"洛阳翊津桥通翻经道场东街,其道场有婆罗门(印度古代宗教之一)僧及身毒(古印度之别译)僧十余人新翻诸经,其所翻经本从外国来,用贝多树叶","横作行书,随经多少缝其一边,帖帖然"。

释教东传,贝叶树也随之迁徙中国,所谓"梵文、华文、多罗文,文成三藏玄诠;尘说、刹说、炽盛说(指如来之佛法),说出一代时教"。如《嵩山记》载:"汉世有道士从外国来,将籽于西山脚下种之,有四树,极高大。与众木异,一年三花,白色香美","即贝多也"。《诸寺奇物记》亦道:"宝光寺有西域来贝多婆力叉,茎长可六七丈,叶如细毛竹笋壳而柔腻如芭蕉。"唐张乔有诗可证:"还应毫末长,始见拂丹霄。得子从西国,成阴见昔朝。势随双刹直,寒出四墙遥。带月啼春鸟,连空噪暝蜩。远根穿古井,高顶起凉飚。影动悬灯夜,声繁过雨朝。静迟松桂老,坚任雪霜凋。永共终南在,应随劫火烧。"

贝多树极易成活,清王士祯《渔洋诗话》道:"粤东有贝多树,余尝于刘将军署见之,从者误折一枝,余惋惜,携归使院,植诸阶墀,值雨一昔而活,菁葱可爱。"遂赋诗曰:"贝叶无根插短篱,一宵春雨发华滋。他年谁续羊城志,记取渔洋手种时。"据述,二十年后重返,树已成围矣。

# 梧桐影里秋如水

南朝"吴声歌曲"惯用谐声双关语表达恋情,如《子夜歌》"怜欢好情怀,移居作乡里。桐树生门前,出入见梧子",其"梧子"谐音"吾子",词意双关,妙趣盎然。有意思的是,此诗另从侧面印证了一种民居古风,正如晚明眉公陈继儒所云:"凡静室须前栽梧桐,后栽翠竹。"

梧桐,因花成筒形,故谓之桐。属梧桐科梧桐属落叶乔木,原产华夏大地,故又名中国梧桐。先人视梧桐极为神异,如《诗经·鄘风·定云方中》云:"凤凰鸣矣,于彼高岗。梧桐生矣,于彼朝阳。"郑玄笺曰:"凤凰之性,非梧桐不栖。"民间遂有谚语:"栽下梧桐树,引来金凤凰。"另据《史记·晋世家》载:"成王与叔虞戏,削桐叶为圭以与叔虞曰:'以此封若!'于是遂封叔虞于唐。"后世便以桐圭代指帝王封拜,并制玉珪作为瑞信之物。而唐僧灵彻上人将桐叶剪刻成"莲花漏",置盆水之上,穿细孔漏水,半之则沉,以作计时依据。桐木又因其"轻、松、脆、滑",人称"四善"良材。《风俗通》曰:"梧桐生于峄山阳岩石之上,采东南孙枝为琴,声甚清雅。"《后汉书》载:"吴人有烧桐以爨,烧火(煮饭)者,(蔡)邕闻火裂之声,知其良木,因请而裁为琴,果有美者,而其尾犹焦,时人名曰焦尾琴。"蔡邕,

梧桐

即东汉才女蔡文姬之父。至今常熟虞山七弦河尚存"焦桐街",相传其事即发生于此。

桐叶柄长,面阔,古人常以其代纸书写。杜甫尝有"石栏斜点笔,桐叶生题诗"之吟。据唐范摅《云溪友议》记述,天宝年间,洛阳宫苑有宫女从御沟漂出一桐叶,叶上题诗云:"一入深宫里,年年不见春。聊题一片叶,寄与有情人。"苏州籍名士顾况获知后和诗一首:"愁见莺啼柳絮飞,上阳宫女断肠时。君恩不闭东流水,叶上题诗寄与谁?"不久,复从御沟流出一题诗桐叶:"一叶题诗出禁城,谁人酬和独含情。自嗟不及波中叶,荡漾乘春取次行。"《绣谷春容》则载,唐人侯继图寄寓大慈寺时,偶拾一大桐叶,上有诗道:"拭翠敛娥眉,为郁心中事。搦管下庭除,书成相思字。此字不书石,此字不书纸。书向秋叶上,愿逐秋风起。天下有心人,尽解相思死。天下负心人,不识相思字。有心与负心,不知落何地?"数年后,侯娶妻任氏,方知此诗为其所题。当然,题咏梧桐,非皆乐观。唐伎薛涛八岁时,偶听其父在花园吟诗:"庭除一古桐,耸干入云中。"便信口续云:"枝迎南北鸟,叶送往来风。"薛父大惊,忧此诗义不祥,恐其长大沦为青楼乐伎,孰料后果应验。这些传说,皆为梧桐平添了不少神奇色彩与文化意蕴。

梧桐从主干、枝条到叶片,均为翠绿色,"越众木之薰徇,胜杂树之藻缛"。有人赞其"夏秋交荫,以蔽炎烁蒸裂之威;秋冬落叶,以舒负喧融和之乐"。然恰如《淮南子》称其"见一叶而知岁之将暮",古往今来,诗人多有以"梧桐叶上秋先到"、"秋到梧桐动客愁"、"雨滴梧桐秋夜长"、"凄声倡起是梧桐"等句,形容并渲染萧瑟秋景及怅惘愁绪。不过,令人称奇的是,据清王友亮《双佩斋文集》载,姑苏名医叶天士竟于立秋日用梧桐叶作药引子,为百般痛楚的难产孕妇顺利助产下宁馨小儿。其治病不拘成法,用药不流俗见,可窥一斑,人尽叹服。

# 山中独厄黄杨树

"山中独厄黄杨树",句出吴文可《拟李长吉十二月乐辞》。此说倒非一家之言,那位坚持认为"杨花入水为浮萍,验之信然"的东坡居士《退圃》之咏几出一辙:"园中草木知无数,独有黄杨厄闰年。"其自注道:"俗说黄杨木无火,岁长一寸,遇闰退一寸。"另据宋代《闰月表》亦载:"梧桐之叶十三,黄杨之厄一寸。"至明李仲修《十二月乐章》犹云:"嬴皇当极黄杨死,一寸霜皮生不起。峄阳老干(此指梧桐)青铜根,玉叶排秋十三子。"可见,古人普遍认为,每逢闰年闰月,黄杨反缩一寸,梧桐叶增十三。就连经典名著《群芳谱》也赫然宣告:黄杨"岁长一寸,闰月、年反缩一寸,谓之厄闰"。

先人既有如此认知,不少奇思遐想也就应运而生。人称传统文人之细腻、放达、享乐至上及江湖身份的狡黠、实际、世俗精神水乳交融集于一身的文坛怪才李渔,在其《闲情偶寄》一书中,就曾大发宏论:"黄杨每岁长一寸,不溢分毫,至闰年反缩一寸,是天限之木也。"以至毛遂自荐,欲为其"新授一名",谓之"知命树"。道是"天不使高,强争无益,故守困厄为当,然冬不改柯,夏不易叶,其素行原如是也","使以他木处此,即不能高,亦将横生而至大矣!再不然,则以才不得展而至瘁,弗复自永其年矣!"故盛赞其"困于天而能自全其天,非知命君子能若是哉?"这且不算,他对所谓"厄闰"之"其义何居",不厌其烦借题发挥:"岁闰而我不闰,人闰而已不闰,已见天地之私;乃非只不闰,又复从而刻之,是天地之待黄杨,可谓不仁之至,不义之甚者矣。乃黄杨不憾天地,枝叶较他木加荣,反似德之者,是知命之中又知命焉。"总之，此公力主："莲花为花之君子，此树当为木之君子。"

然据实而论，恰似明人傅汝舟所咏："厄闰无人见，山深携汝归。"黄杨厄闰毕竟仅是传说，李时珍亲作验证后声称："俗说岁长一寸，遇闰则退。今试之，但闰年不长耳。"看来，所谓遇闰独厄，未免失之无据；只是生长缓慢，确符事实而已。此树系黄杨科黄杨属常绿灌木或小乔木，枝叶繁茂，攒簇上耸，萌叶似瓜片而青厚，经冬不凋，四时常青。春日枝梢缀花，色黄绿而朵小，无花瓣。通常顶端具一雌花，其余均为雄花。北宋嘉祐进士朱长文尝宠之以诗："宝干多材美，孤根一气同。春余花淡薄，雪里叶青葱。"同代以文章冠天下之欧阳修，有次舟行夷陵山谷绝险处，遥见山际尽长此树，苍翠可爱，遂作《黄杨树子赋》曰："枝翁郁以含雾，根屈盘而带石；落落非松，亭亭似柏；上临千仞之盘礴，下有惊湍之喷激；涧断无路，林高溟色；偏依最险之处，独立无人之迹"，"节既晚而愈茂，岁已寒而不易。乃知张骞一见须移海上之根，陆凯如逢堪寄陇头之客"。赞赏有加，推崇备至。

黄杨既生长缓慢，自然材质坚韧，纹理细密，光润犹如象牙，向称"其木坚腻，作梳剜印最良"。因其四季常绿，又耐修剪攀扎，成形后不易走样，堪为树桩盆景极好材料。尤妙者，此树对大气污染具较强抗性，又有一定隔声作用，实乃庭园绿化首选优良树种。元华幼武《黄杨》一诗，专咏其妙："咫尺黄杨树，婆娑枝干重。叶深团翡翠，根古踞虬龙。岁历风霜久，时沾雨露浓。未应逢闰厄，坚质比寒松。"

# 见血封喉箭毒木

清雍正年间，黔南地区青山翠谷之间骤然杀声震天。原来，清廷改土（废除土司统治）归流（建立流官制度）、开辟三千里苗疆的征战在此拉开了帷幕。惯于草原奔驰突击的八旗军在深山野林中遭遇了顽强阻击，尤以当地民众使用的毒矢所向无敌，使猝不及防的清兵深受重创。有诗可证："谷口飚狂烈焰飘，何其骤雨降青霄？势挟迅雷无匹敌，毒漫老林卷怒涛。八旗将士血肉焦，月黑宵深弃甲逃。若非毒矢威力猛，焉知箭木杀气高！"当清军最终以惨重代价侥幸获胜后，"缴弓弩四千三百余，毒矢三万余，皮盔、皮甲、刀标各数万"。而其中大量毒矢，经云贵总督高其倬侦知，乃以一种名"撒"的"蛮药"敷箭制成。高某不敢怠慢，急向朝廷奏报，"诸苗之中仲苗之弩最毒，中人所入不深，原不甚伤，无知其药甚毒，才破皮肉即难救治"，"闻此撒药系毒树之汁滴在石上凝结而成"，毒树"产于广西泗城土府，其树颇少，得之亦难。彼处蛮人暗暗买入苗地，其价如金，苗人以为至宝"，云云。

却说世宗胤禛获奏，立下上谕："尔等可下力速速着人密密访问，若果有此树，必令认明形状，尽行砍挖，无留遗迹。"广西提督韩良辅接旨后，当即密谕泗城协备弁尽心访查，并着精细目兵谭大经、何结、狄云等人遍历深山穷谷，到处搜访。只奈其地层峦叠岭，人稀林密，欲达目的，谈何容易？几经波折，终于在一个叫瑶蟒的地方，从擅制药弩的瑶民处获得线索，于左江隆安县桥建村寻觅到了三株已百余年之大树，皆高约十余丈，身围得三人合抱。主干挺拔，六七丈之上方生枝叶，树表类白杨，而内似榆木。韩良辅获报，一面急奏朝廷邀功，一面密令左江镇前营游击张荣,星夜疾驰奔达现场,将三棵大树连根砍伐,并纵火焚烧树坑,以期"根株中所有生气俱尽"。这才继续扩大战果,挥戈他处而去。史料显示,从雍正三年(1725)至四年二月,四次行动共铲除此种树木一千零四十七株。

那么,这种所谓毒树,真相究竟如何呢?在清代档案中,此木被称做栱树。据说最早为一位傣族猎人所发现,傣语"戈贡"与栱发音接近。因其剧毒见血封喉,立能杀人,俗称箭毒木,分布于滇、粤、桂等少数地区的热带雨林,乃桑科见血封喉属落叶乔木,树干粗壮雄伟,树皮厚而呈灰色,叶椭圆形,有三指宽。春夏之际开花,结肉质果实如红色小梨,秋熟后呈紫黑色。其干、枝、叶所分泌的白色乳汁,含有一种毛皮黄素苷剧毒成分。若要切割树皮提取汁液,必先于树根处铺草衬垫,待毒汁淋滴在草上凝结后,方可将其装入皮袋备用。其汁液初呈白色,渐变粉红色,再成酱色,完全凝固后遂为紫黑色。若用此种毒浆涂浸箭镞,一旦射入人体或其他猎物,顷刻即会引起肌肉松弛,心脏麻痹,血液凝固而快速致死。不过,这类毒素同时具有一定的加速心律、增加心血输出量等强心作用,因此在医药学领域极具研究和开发利用价值。

所幸者,箭毒木于清初遭此浩劫,却远未被斩尽焚绝。时至2009年,广东江门市恩平朗底塘背村,意外发现了三十余株成群箭毒木,其树龄普遍已逾百年。当然,如今再也不必利用这种树毒制造药弩毒矢,昔日风云,早化烟尘。这正是:"本固枝荣不须栽,百年容颜犹未改。宜收秀色丹青里,何须羯鼓急相催。"

# 鹤骨龙姿擎天柏

晚清龚定盦《说京师翠微山》道："余游苏州之邓尉山，有四松焉。形偃神飞，白昼若雷雨，四松之蔽可千亩。平生至是见八松矣。邓尉之松放，翠微之松肃；邓尉之松古之逸，翠微之松古之直。邓尉之松殆不知天地为何物，翠微之松天地间不可无是松也。"然其"此中只许鸾凤宿，其上应有蛟螭蟠"的四大古树，分明是"清奇古怪画难状，风火雷霆劫不磨"之千年汉柏。未知此公何以"错将东施作西施，误认翠柏为苍松"。对此，乡前贤叶圣陶感而咏曰："放逸二评出定公，传神得要我认同。只嫌体物微疏略，未辨殊形柏与松。"

柏，正如清杨时泰《本草述钩元》所云："盖万物向阳，柏独西指，乃受金之正气者也。"意谓柏枝通常多指向西方，按五行五色之学说，西方正色属白，名遂从白。又，青属木，黄属土，赤属火，白属金，黑属水，故称柏受金之正气。另有一说，称松柏为百木之长，松犹如公，故名松；柏犹似伯，故字柏。柏有扁柏、桧柏、璎珞柏之分。扁柏，因其叶侧向而生，又名侧柏，亦称黄柏、香柏，变种有丛柏、千头柏。其干耸直，皮薄、肌腻、花细琐，实如小铃而成丛状，霜后四裂，籽颇芳香。桧柏即圆柏，亦名刺柏、真珠柏，变种有龙柏、塔柏、偃柏，松身柏叶，叶尖似针。璎珞柏枝叶纷垂，无花有籽。而喜马拉雅山尚产一种枝似柳丝、叶敷白粉的西藏柏。峨眉山则有柏身竹叶之竹柏，小者止一二尺，堪作盆玩。另据南宋石湖居士范成大《桂海虞衡志》载，有种石柏"生海中，一杆极细，止有一叶，宛如侧柏"。

"岁寒，然后知松柏之后凋也。"此为孔夫子褒扬松柏的千古名言。柏,"一杆如虬刺九天,碧枝风拔五千弦","柯如青铜根如石,苍髯龙吟送日月",冰雪不改其志,寒暑不易其性,故自古人皆爱柏植柏尊柏颂柏,神州大地,广有名柏。如杭州岳庙精忠亭内八段古柏化石,迁自南宋大理院风波亭。相传岳飞于此遇害,亭畔之柏莫不枯萎,历六百载不倒而终成化石,世称精忠柏;京城文庙一树龄五百余载的古柏,据说明代奸相严嵩有次代帝祭孔,乌纱帽被其刮翻在地,史封辨奸柏;伊川二程祠有株当年程颢倚木疾书谏疏的古柏,人道奏章柏;另有京都未雨轩高寿千年的抱槐柏;故宫御花园形态奇特的连理柏;泰山天门坊鼎足入云的三义柏;曲阜孔庙五干同枝的君子柏;延安万华山连体而生的五龙柏;成都武侯祠乔柯巨围的武侯柏;洛阳关林形神兼备的龙头凤尾柏;四川翠云廊蜿蜒三百余里据称三国蜀将留下的八千多株张飞柏;以及江苏六合留皇岗与连云港孔望山的隋唐柏;尤其是太原晋祠传为周朝文公所植的齐年柏;苏州光福司徒庙尝被龚氏误柏为松,实为东汉太尉邓禹隐逸手植的清、奇、古、怪四巨柏,等等。不过,最名著天下者,当首推黄帝陵轩辕庙中之双柏:其一高二十米,围十米,号称"黄帝手植柏";另一株曾由汉武帝征朔方还朝途经时,挂甲于身的挂甲柏,虽历经数千年风霜雨雪,至今犹然"凌云濯雾交虬枝,鹤骨龙姿共擎天"。

历朝文人颇多咏柏名作,但大多囿于颂柏伟岸美德者,唯北宋吴县老儒方子通《古柏》一诗不然,独辟蹊径,识见非凡:"四边乔木尽儿孙,曾见吴宫几度春。若使当年成大厦,也应随列作埃尘!"

# 苍松阅世卧云壑

《独异志》载：秦始皇于在位二十八年时登封泰山，途中突遭迅雷骤雨，猝不及防，幸赖五大古松阴翳数亩，躲过一劫，遂敕封其为五大夫。《泰山记》证实此事确凿有据，以致李涉心生妒意："人生不得如松树，却遇秦封作大夫。"然狷介之士嗤之以鼻，不为所动。如罗隐"陵迁谷变须高节，莫向人间作大夫"，徐夤"争似涧底凌霜节，不受秦皇就此官"，惠洪"爱君修竹为尊者，却笑寒松作大夫"。

王安石《字说》尝称："松为百木之长，松犹公也，故从公。"故有人尊之"十八公"。松之卓异绝伦，的确不同凡响。比如，树皆有汁，但唯有松脂入地，方成琥珀。恰如韦应物所咏："曾为老茯苓，本是寒松液。蚊蚋落其中，千年犹可窥。"论其种类，通常两三鬣（松针）而细者为常松，如马尾、白皮、油松；五六鬣为一束叶者，如红、粤、栝子、华山松；阔瓣厚叶者，为罗汉松；另有赤、黄、雪、鹿尾诸松之别，而最奇特者，还数天下一绝五样松。相传明永乐年间，有客赴京，途经山东临清时突患沉疴，便将所携五株松苗栽于旅邸门外。谁知日后竟抱成一团，结成连理。尤妙者，其叶呈竹篦、米粒、喇叭、针与刺五形，迄今已株高十六米，围粗二米，根盘如龙，冠盖若屋。张树梅有诗赞道：

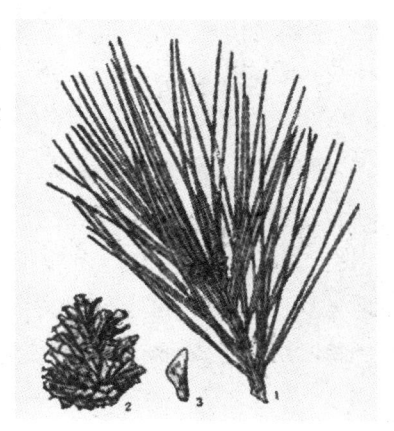

松

"中有长松高百尺,枝柯蜿蜒如龙蛇。菀枯不与凡花并,郁然直上色参天。"

松,皮如龙鳞,叶似马鬃,花生枝顶,实类宝塔,遇霜雪不凋,历千年不殒,人称"极地气不能移,历岁寒不为改,大类有道君子"。《论语·八佾第三》有记:"夏后氏以松,殷人以柏,周人以栗。"道是夏、商、周三代先民分别以松、柏、栗木为氏族图腾。可知早在夏朝,即已盛行崇松之风。也许正因此故,历代前贤多以松自况或以其赞喻君子。《世说新语》尝载,东汉宗世林正直刚毅,不愿结交曹操。"后操作司空,总朝政,问宗曰:'可以交未?'宗答曰:'松柏之志犹存。'"后人遂以"松柏之志"比之坚贞不移的高风亮节。另如三国魏人刘桢《赠小弟》诗云:"亭亭山上松,瑟瑟谷中风。风声一何盛,松枝一何劲。冰霜正惨凄,终岁常端正。岂不罹凝寒,松柏有本性。"显系称颂对方操守如松。晋人陶潜则常以孤松自况:"青松在东园,众草没其姿。凝霜珍异类,卓然见高枝。连林人不觉,独树众乃奇。提壶抚寒柯,远望时复为?吾生梦幻间,何事绁尘羁。"诗仙李白却偏爱托松言志:"南轩有孤松,柯叶自绵幂。清风无闲时,潇洒终日夕。阴生古苔绿,逢染秋惆碧。何当凌云霄,直上数千尺。"而李商隐"高松出众木,伴我向天涯。客散初晴后,僧来不语时。有风传雅韵,无雪试幽姿。上药终相待,他年访伏龟(即茯苓)"之吟,不仅讴歌松之雄姿清响,犹更以松比兴,寄慨遥深。

人多敬畏"老松阅世卧云壑",深钦其"孤标百尺雪中见,长啸一声风里闻"。然幼松虽小,却不容轻觑。杜荀鹤"自小刺头深草里,而今渐觉出蓬蒿。时人不识凌云木,直到凌云始道高",解缙"小小青松未出栏,枝枝叶叶耐霜寒。如今正好低头看,他日参天仰面难",齐己"发地才盈尺,蟠根已有灵。严霜百草死,深院一株青。后夜萧骚动,空阶蟋蟀听,谁于千载外,吟倚老龙形"诸咏,莫不出人意表,振聋发聩。

# 扶桑拥出一轮红

"扶桑拥出一轮红,光被海隅开寿域,衮衣端拱帝王宫。"其句出自元末所谓"汉王"陈友谅营建宫殿时之《上梁文》。此厮原是沔阳渔家子弟,本姓谢,祖赘于陈,因从其姓。元顺帝时徐寿辉揭竿起兵,陈依其将倪文俊麾下,先后伺机杀倪及徐,称帝于采石矶,国号汉。可知大凡乱世枭雄,自诩替天行道,解民倒悬,实则全系弥天大谎,无非欲窃国柄,君临天下而已。

咏扶桑而言及太阳,此非孤例。楚辞《九歌·东君》即道"暾将出兮东方,照吾槛兮扶桑"。日出东方,其貌壮丽,诗人幻想扶桑为日神所居殿宇之栏杆,"旭日将出啊东方,照着我的栏杆啊扶桑"。扶桑向被视做长于日出之处的神木,如《山海经》"汤谷上有扶桑,十日所浴……九日居下枝,一日居上枝";《十洲记》"扶桑在碧海中,叶似桑树,长数十丈,大二千围,两两同根,更相依倚";《淮南子》"日出汤谷,浴于咸池,拂于扶桑,是谓晨明;登于扶桑,爰始将行,是谓朏明(天刚亮)";《枕中书》"扶桑大帝住在碧海中,宅地四面并方三万里。上有太真宫碧玉城,万里多生林木,叶似桑。又有葚树,长数千丈,二千围,两两同根偶生,更相依倚,名为扶桑宫第,象玉京也";《本草纲目》"东海日出处有扶桑,此花光艳照人,其叶似桑",如此等等,不一而足。诡异奇妙的传说,赋予了扶桑不同寻常的神秘光环。

扶桑之咏,始于《楚辞》。除《九歌·东君》,《离骚》云"饮余马于咸池兮,总余辔于扶桑";又《九叹·远游》"贯鸿蒙以东揭(离去)兮,维六龙于扶桑";《哀时命》"衣摄叶以储与兮,左袪(袖口)挂于扶桑"，或言结马缰、系六龙于扶桑；或称衣服肥大，左袖挂于扶桑而不得舒展，大致未脱"神木"传奇色彩。时至西晋，嵇康从孙振武将军、襄阳太守嵇含所撰《南方草木状》，率先关注此花观赏价值，对其形态、习性、繁殖、栽培均有详细记载："茎叶皆如桑，自二月开花，至中冬乃歇；五出，大如蜀葵，有蕊一条，长于花叶，上缀金屑，日光所烁，疑似焰生。一丛之上，日开数百朵，朝开暮落，插枝即活。出高凉郡（今属广东）。"该花实为木槿别种，为锦葵科灌木或小乔木。高丈余，多枝柔韧，叶如桑似槿。夏秋开花，状如芍药，色有素白、浅黄、橙黄、粉红、桃红、深红诸种。然以红色为最常见，雅称朱槿。故前人诗词，亦以咏红花居多。如唐李绅云："瘴烟长暖无霜雪，槿艳繁花满树红。每叹芳菲四时厌，不知开落有春风。"折服其不以春临而开、春逝而凋。那位屡试不第漫游荆蜀湘黔而见多识广的戎昱，亦颇心仪此卉："花是深红叶曲尘，不将桃李共争春。今日惊秋自怜客，折来持赠少年人。"至于元和布衣徐凝所赋之"谁道槿花生短促，可怜相计半年红。何如桃李无多少，并打千枝一夜风"。其"槿花"所指，实则便是北宋蔡襄所称誉的"野人家家熘，烧红有扶桑"之扶桑。

　　扶桑"四时常开，妇人簪带之"。《岭南杂记》又称其可使褪色的袈裟"复黑如初"。然更济世利人者，其花叶均入药。《陆川本草》确认其"凉血解毒，治血热、衄血、血瘙、毒疮"；《岭南采药录》亦肯定其"清肺热，去痰火，理咳嗽"。

# 翘楚常羡荆丛花

《史记·封禅记》载:"黄帝采首山之铜,铸鼎于荆山下。"这荆山便是黄河"八里胡同"南岸的荆紫山。因"山多荆树,紫花漫山而得名"。所谓荆,乃马鞭草科落叶灌木或小乔木,有黄、牡、蔓、金、赤、山、石等诸荆之分,统称荆。奇特的是,荆别名楚,且又并称荆楚或楚荆。《廉颇蔺相如列传》尝记:"廉颇闻之,肉袒负荆,因宾客至蔺相如门谢罪。"《索隐》注曰:"荆,楚也。"可知两者同为一木。然若细分,荆乃雌株,楚为雄本。三代之际,楚之较荆,似更风光。如《诗经》诸篇,便频有亮相。《曹风·蜉蝣》云:"蜉蝣之羽,衣裳楚楚。"盖因每逢春天,楚盛开着青紫色穗状小花,重重叠叠,细细密密,煞是美观。故"楚楚"历来表示鲜明靓丽之貌,并由此引申出"衣冠楚楚"、"楚楚动人"等词;《周南·汉广》之"翘翘错薪,言刈其楚",更因描述此木在草丛中高大突出,后人便用"翘楚"赞誉优秀杰出才俊。而荆,或许因其母性使然,古时节俭妇人常以其枝作钗,聊以簪发,遂有"荆钗布裙"一说。于是丈夫因之谦称内人为山荆、拙荆或荆妻、荆室。

北宋沈括有言:"扬州宜杨,荆州宜荆。"因北据荆山、南及衡山的荆州(古属楚国)多荆,故至今犹有荆楚大地之称。而古代刑具向以"夏楚"二木为之,夏本作榎,即是楸树;而楚,便指黄荆。故荆自古即被视做刑罚之象征。所谓负荆请罪,便指背负荆条,赔罪认错。推而及之,"捶楚"通称古代刑杖;"楚毒"泛指一切苦刑;"楚掠"、"楚挞"意谓严刑拷打,并由此衍生出苦楚、痛楚、酸楚、凄楚、楚切、楚恻等一系列词组语汇,表达悲痛伤感之意,至今依然广被使用。

荆与传统典故，亦多不解之缘。比如"班荆道故"，源自《左传·襄公二六年》：说是楚大夫伍举出奔，心念故国，与老友蔡大夫声子相遇于郑郊，"班荆（指以荆树枝叶铺地而坐）相与食"，边吃边商议如何返回家园。后世遂以班荆道故，泛指思乡怀国及友朋交谊。唐李德裕"春阙悲子牟（指获罪而亡的申公子牟），班荆感椒举（伍举邑于椒，故又称椒举）"之咏，即本此典。再如"荆棘铜驼"，据《晋书·索靖传》称："靖有先识远量，知天下将乱，指洛阳宫门铜驼，叹曰：'会见汝在荆棘中耳！'""荆棘铜驼"自此成了国破家亡的乱世代称。陆游、黄遵宪分别有诗可证："自笑此生余几许，铜驼荆棘总关情"，"荆棘铜驼心上泪，觚棱金爵劫余灰"。至于"荆钗布裙"，更是耳熟能详。相传东汉平陵（古县名，治今陕西咸阳市西北）梁鸿家贫却颇尚节介，娶同县丑女孟光，共入霸陵山中耕耘为生。因作《五噫之歌》得罪朝廷，乃改姓易名四处漂泊，最终蛰居吴郡阊门皋桥大户皋伯通庑下，为人舂米，以供衣食。孟光常以荆枝作钗，粗布为裙，每次具食，举案齐眉。鸿卒，伯通将其葬于要离（吴国刺客）冢旁。世遂以荆钗布裙褒称女子服饰朴素，举止贤淑。徐月英"虽然日逐笙歌乐，常羡荆钗与布裙"，即咏其意。

《仪礼》尝载："楚焞（柴枝）置于燋（炬也），在龟东。"汉儒郑玄注曰："楚，荆也。荆焞，所以钻灼龟者。"原来先民占卜，必燃楚荆之枝钻灼龟壳，然后视其坼裂兆纹，附会人事，以卜吉凶。先人重荆，可见一斑。

# 嘉名谁赠作玫瑰

"嘉名谁赠作玫瑰",句出五代徐夤《司直巡官无诸移到玫瑰花》一诗。在他看来,玫瑰简直太像蔷薇而难分彼此:"芳菲移自越王台,最似蔷薇好并栽。"无独有偶,与吴门沈石田、祝枝山并称"有明三绝"的长洲名士陈道复亦有类似体验:"色与香同赋,江乡种亦稀。邻家走儿女,错认是蔷薇。"而清人费丹旭则道:"色香几度误蔷薇,晓倚栏干露未晞。无奈春来寒太甚,新妆犹着紫罗衣。"也难怪他们一时张冠李戴,玫瑰与蔷薇还有月季委实形态极为相似,就连古籍也曾一度统称之为蔷薇。大概正因此故,如今花市干脆多以月季"山寨",玫瑰真容实已凤毛麟角,别易会难。

当然,倘锱铢相较,明察秋毫,玫瑰与蔷薇、月季三者之花、叶、刺,毕竟各具特色、泾渭分明。比如南宋诚斋先生细加考察后宣称,"非关月季姓名同,不与蔷薇谱牒通",并凸现玫瑰独特的娇姿艳色道,"接叶连枝千万绿,一花两色深浅红",认为玫瑰与蔷薇、月季"风流各自胭脂格",然"雨露何私造化工,别有国香妆不得,诗人熏入水沉中"。其实,并非此公慧眼独具,唐人唐彦谦《玫瑰》一诗,盛赞此花"麝炷腾清燎,鲛纱复绿蒙。宫妆临晓日,锦缎落东风"之余,早已将其"一花两色"一语道破:"无力春烟

玫瑰

里，多愁暮雨中。不知何事意，深浅两般红。"

玫瑰，为蔷薇科蔷薇属落叶丛生灌木，茎短，叶细，多刺，每抽新条，则老枝易枯，需速将根旁嫩条，移植别所，则老本仍茂，故又俗称离娘草。其花瓣紫，橐青，蕊黄，既色呈"深浅两般红"，又"别有国香"堪称雄。《花镜》尝云："玫瑰香腻馥郁，愈干愈烈。"宋时宫廷广植玫瑰采花制囊，香气缭绕，芳馥不绝，令人伫足留步，徘徊其间，故又获了个雅号：徘徊花。恰如翰林学士宋祁所吟："寒光欲冲斗，迥秀难藏叶。谁碎辟邪香，氤氲飞作蝶。"另如陈淳"簇树朱花斗晓妆，满庭龙麝一时香"，陆治"翠羽成丛玉作花，雾杯香泻紫流霞"，李鳝"卖花声起香初腻，要近盘头髻里闻"等咏，无不力捧此花奇香浓郁。《本草再新》尚称此花功可"舒肝胆之郁气，健脾降火，兼能破血"。也许正因"花比佳人天亦爱"，便"故教多刺护霓裳"，"貌比西施好，香称第一流。浑身都是刺，免插美人头"。如此看来，"生来带刺性刚强"、"一生清静玉无瑕"的玫瑰，足使时今那些不知自重、出乖露丑的浪女荡娃汗颜。

玫瑰原产中国。《西京杂记》云："乐游苑中有自生玫瑰树。"可知其先祖早在西汉即已登台亮相，距今足有两千余年。其原生种类按花型大小分为大、中、小轮种及变性种四大类，经长期人工杂交培育，登录在册的品种已超越一万五千多种，拥有红、黄、紫、白、黑、蓝、橘红诸色，琳琅满目，美不胜收。目前，全国共有承德、沈阳、佛山、拉萨、银川、延吉、乌鲁木齐、佳木斯及兰州等九座城市将其尊为市花；而自1796年引种美利坚合众国并于1845年传入欧洲，至今域外先后成了英国、伊朗、伊拉克、卢森堡、罗马尼亚、保加利亚等国之国花。荣膺"两花"桂冠，堪称群芳之最。这正是："春藏锦绣风吹拆，天染琼瑶日照开"，"汉家佳卉百般奇，开向东风竞旖旎"。

# 连翘花发满条金

明代儒医李在躬有次给患者开了个药方,简直就是一首《山居即事诗》:"三径慵锄芜秽遍,数枝榴花自鲜妍。露滋时滴岩中乳,雨行长流涧底泉。闲草文词成小帙,静披经传见名贤。渴呼童子煮新茗,倦倚熏笼灼篆烟。朱为多艳常讶减,窗因懒补半嫌穿。欲医衰病求方少,未就残诗得问连。为爱沃醳千顷碧,频频搔首向遥天。"原来,方中每句隐射一味中药,依次为:生地、红花、石膏、泽泻、藁本、使君子、儿茶、安息香、缩砂仁、破故纸、没药、续断、空青、连翘。无独有偶,另有人戏填《满庭芳·静夜思》一词,摹写深闺怨妇思夫之情:"云母屏开,珍珠帘闭。防风吹散沉香。离情抑郁,金缕织流黄。柏影桂枝交映,从容起、弄水银塘。连翘首,惊过半夏,凉透薄荷裳。一钩藤上月,寻常山夜,梦宿沙场。早已轻粉黛,独活空房。欲续断弦未得,乌白头,最苦参商。当归也,茱萸熟,地老菊花荒。"此君也真了得,全词镶嵌二十四味药名,妙语双关,一气呵成。不难看出,一诗一词,不约而同巧借了"连翘"之名。

腊尽岁初,乍暖还寒,百花园中不少佳丽尚多酣然沉睡,有种金英翠萼、婀娜多姿的花木,悄然紧随迎春芳踪,吐蕊绽瓣、斗寒竞放,此即连翘。连翘一名,始见于《本草经》。《尔雅》初作异翘,而《尔雅疏》即称今名。据初唐左监

连翘

门长史苏恭称,因"其实如莲作房,翘出众草,故名"。然宋医官通直郎寇宗奭认为:"连翘亦不翘出众草,其子折之,片片比如翘,应以此得名耳。"苏颂《图经本草》谓其有大小两种,"大翘生下湿地,叶狭长如水苏,花可爱。小翘生岗原之上,叶花实皆似大翘而小细"。清杨时泰《本草述钩元》则以果实异同,别其种类:"有两种,一似椿,实之未开者,壳小,坚而外光无附萼。剖之则中解,气甚芳馥。其实才干,振之皆落,不着茎也;一种如菡萏,壳柔,外有附萼抱之而无解脉,亦无香气。干之虽久,着茎不脱。此种江南下泽间极多。如椿实者,乃自蜀中来,入用为胜。"

连翘酷似迎春、黄馨,为木樨科连翘属落叶灌木,别名黄金条。其基部丛生,节间中空,高可三米,枝条开展或呈拱形下垂。其小枝褐色,具四棱,有凸起皮孔,单叶或三枚叶对生,呈卵形或椹圆状卵形。四至五月,先开花后抽叶,一片金黄,美若鸟羽初展,满枝生辉。其既可作为花篱、花坪配植或丛植,又宜在阶前、篱下、路边、池畔或假山旁疏植点缀;而若在天井、庭院、阳台等处盆栽,其形姿苍劲矫健,风韵疏密有致,大可与松梅竹柏相媲美。每逢繁花怒绽,金星闪烁、掩映错落;盘根曲枝、俯仰峥嵘,别有一番情趣。有诗可证:"四月春光无限好,满目连翘金辉耀。春到心头难遮住,朵朵喇叭朝天笑。"

《本草经万种录》称:"连翘气芳烈而性清凉,故凡在气分之郁热皆能已之。"此花秋时结实,内作房瓣。如于九月上旬前采集未成熟之青绿色果实,是为"青翘";或于十月上旬收取熟透的褐色果实,则为"老翘"。将其晒干备用,可治温热、丹毒、斑疹、痈痛肿毒、瘰疬、小便淋闭等症。《湿病条辨》更是将其作为治疗温热病传世名方"银翘散"主药,经久不衰,屡奏神效。这正是:医有妙方,药无凡卉;虽系草根,杏林溢芬。

# 喜看宝相别样妆

《红楼梦》的版本错综复杂,扑朔迷离。有趣的是,其己卯本(即怡亲王府抄本)和俄罗斯圣彼得堡藏本(亦称列藏本)的第十七回,不约而同交代大观园内栽有"宝相":"说着,又转了两层纱厨锦槅,果得一门出去,院中满架蔷薇、宝相。转过花障,则见清溪前阻。"而明显有别于其他诸多版本。比如蒙本、戚本、舒本将"宝相"讹成了"宝玉";庚辰本、梦本、程甲本则作"芬馥"二字;杨本又易为"馥郁";而程乙本干脆删除"宝相",显将两种花卉变成了一种。于是,聪明睿智的红学家们抓住这些蛛丝马迹,据此推算出了各种版本先后演变顺序,结论准确,令人信服。那么,宝相究为何物呢?据《红楼梦大辞典》称:"其为蔷薇之一种,形大色丽。"然究为蔷薇之哪一种,语焉不详。好在近人陈士彪《花鸟虫鱼》明白写道:"此为野蔷薇的一个变种,茎叶和蔷薇很相似,枝上有刺,花色有红、白、紫、淡紫等多种,比蔷薇要小一些,大致上十朵花为一簇。"

原来,宝相花便是十姐妹。为落叶灌木,蔓生,三四月开花,花类荼蘼,复瓣,千叶,罄口。一蓓十花,故有此称。亦有一蓓七花者,名七姐妹。明高濂《草花谱》称其"一蓓中分红、紫、白、淡紫四色,或云色因开久而变",娇婉艳丽,野香袭人。早在唐代,宝相花极为朝野注重,辄被用做典型的装饰花纹。无论织锦、器具、壁画图案,莫不屡现芳影,尽展靓姿。如唐镜上的宝相花纹,通常均作正面俯视形,以两三种花形相间排列而成,六花、八花不等;亦有少数作侧面形,以一种花形排列组成。再如1970年出土于新疆的唐锦,为四重五枚斜纹纬锦,经线分明经、暗经两种。明经单根，暗经双根。以黄、蓝、白等色纬线，在银红色的底料上凸显出宝相花纹，构思奇巧，色彩绚丽。

　　入宋以后，宝相花有幸一跃成了诗人词客笔底宠物。如李昉"宝相为嘉卉，移根自蜀都。远来还可重，他处更应无"；李至"掩敛难胜艳，鲜妍欲夺朱。此花轻折赠，可表受知殊"；梅尧臣"密叶阴蔓不争开，薄红细叶尖相斗"，"暮还已见映雪髻，初拈尚觉香在袖"；范成大亦赋有一绝，"谁把桑条夹砌栽，压枝万朵一时开。为君也着诗收拾，题作西楼锦被堆"。明清以降，人们多分称宝相花为十姐妹或七姐妹。昆山名士张大复《梅花草堂笔谈》道："十姐妹，花之小品，而貌特媚。嫣红古白，嫋嫋欲笑，如双环邂逅，娇痴篱落间。"恰如李圣和《十姐妹》一诗所咏："叶簇千重翠，花开万点红。蕊宫十姐妹，沉醉舞东风。"吴中四杰之一的杨基，亦戏"咏七姐妹花"云："红罗斗结同心小，七蕊参差弄春晓。尽是东风儿女魂，蛾眉一样青螺扫。三姐娉婷四妹娇，绿窗虚度可怜宵。八姨秦国休相妒，肠断江东大小乔。"

　　诗佳，词亦毫不逊色。明易震吉尝以《竹枝》小令"咏七姐妹花七花各具一色"，颇具谐趣，"非风不嫁一春花，三月东风尚有些。七姐妹开三月去，年年薄命守寒家"，"七少如何没有夫，得无俱是牡丹奴。涂红抹白相夸斗，勒住春光不许枯"。清董元恺《画堂春·十姐妹》则曰："天然一色绮罗丛，妆成并倚东风。秦姨总与虢姨同，玉质烟笼。　馥馥幽香密蕊，姗姗淡白轻红。相携竞入翠薇宫，不妒芳容。"

# 杜鹃花时天艳然

暮春三月,大江南北,"杜鹃花发杜鹃啼,似血如朱一抹齐"。红树与丹霞一色,花香共鸣禽齐飞,将春光渲染得好不烂漫好不旖旎。这正是:"一声杜宇啼春风,八方绯挂千山丛。"

杜鹃花,为杜鹃科常绿或半绿灌木,又名映山红、山踯躅、山石榴,朝鲜则称"金达莱"。据《太平御览》引汉扬雄《蜀王本记》、晋常璩《华阳国志·蜀志》等书载,周代末年,杜宇在蜀自立为王,号曰望帝。其时蜀地洪水泛滥,杜宇遂令鳖灵开巫峡治水,功成,民皆得以陆居。杜宇却自愧力微德薄,不敢恋栈,禅位鳖灵,避居西山。时适晚春,子规鸟鸣,蜀人怀而悲思曰:"吾望帝也。"因呼其为杜鹃。一说杜宇死后魂化为鹃,年年春天昼夜苦啼,直至口角流血,染红了漫山遍野的杜鹃花。晋左思《蜀都赋》云:"碧出长弘之血,鸟生杜宇之魄。"唐李白"蜀国曾闻子规鸟,宣城还见杜鹃花。一叫一回肠一断,三春三月忆三巴",及徐凝"朱霞焰焰山枝动,绿野声声杜宇来。谁为蜀王身作鸟,自啼还自有花开"之咏,亦都将鹃花鹃鸟并提,如谣如谚,堪称绝句本色。

杜鹃花最早见于文字,当推南朝陶弘景《本草经集注》:"羊食其叶踯躅而死,故名。"延至唐代,此花已然人工栽培。《续仙传》云:"鹤林寺在润州(今镇江),

杜鹃花

有杜鹃花，高丈余，每至春月烂漫。相传贞元中有僧自天台移栽之。"《丹徒县志》亦载："相传唐贞元元年，有外国僧人自天台钵盂中以药养根来种之。"当年香山居士白居易即曾亲手移栽杜鹃，其《戏问山石榴》"小树山榴近砌栽，半含红萼带花来。争如司马夫人妒，移到庭前便不开"，及《喜山石榴花开》"忠州州里今日花，卢山山头去年树。已怜根损斩新栽，还喜花开依旧数"两绝，一为未能移活而叹惜；一为终于成活花开而欣喜，令人读来饶有风趣。唐宋时期，佳作尤多。诸如杜牧的"似火山榴映小山，繁中能薄艳中间。一朵使人玉钗上，只疑烧却翠云鬟"，施肩吾的"杜鹃花时夭艳然，所恨帝城人不识。叮咛莫遣春风吹，留与佳人比颜色"，李群玉的"水蝶岩蜂俱不知，露红凝艳数千枝。山深春晚无人赏，即是杜鹃催落时"，以及李商隐"庄生晓梦迷蝴蝶，望帝春心托杜鹃"，宋僧择璘"断崖红树深如血，照水晴花暖欲燃"，真山民"枝带翠烟深夜月，魂飞锦水旧东风"等联，莫不对其深表爱怜并备极推崇。就连清帝康熙亦曾诗兴大发，《咏杜鹃花赐高士奇》："石岩如火本天台，秀质丹心日月催。移根梵苑清诗句，朱夏山林惜茂才。"

　　杜鹃种类繁多，形态各异，据统计，目前存世共有六百多个种类。其花除红色外，尚有白、黄、粉、紫及复色诸种。清陈至言就咏有白杜鹃花诗云："蜀魂何因冷不飞，空山一片影霏微。那须带血依芳树，自可梳翎弄雪衣。细雨春波愁素女，清风明月泣湘妃。江南寒食催花候，肠断无声莫唤归。"其花色既多彩不一，足证"疑是口中血，滴成枝上花"之说，仅是附会而已。倒是此花不少品种含有杜鹃花毒素，确属不争事实。这种毒素能改变细胞膜上钠离子的通透性，造成神经传导障碍。轻者令人眩晕、麻木，重者立致人畜毙命。比如其中羊踯躅（俗称闹羊花）就毒性峻烈，一旦误服顿会如饮鸩酒，迷失知觉。

# 佛桑解吐四时艳

北宋蔡襄于仁宗明道年间,在漳州任军事判官,"晚秋至州西耕园驿。驿庭有佛桑数十株,开花繁盛,念其寒月穷山,方其媚好",乃作诗道:"溪馆初寒似早春,寒花相倚媚行人。可怜万木凋零尽,独见繁枝烂漫新。清艳衣沾云表露,幽香时过辙中尘。名园不管争颜色,灼灼夭桃野水浜。"庆历八年(1048),此老又"自汀来漳,复至是驿,花尚依旧"。于是,"追感昔游,因记前事",再在西壁题诗一律:"使轺迢递到天涯,候馆迁延感岁华。白发却攀临砌树,青条犹放过墙花。悲来唯有金城柳,醉后曾乘海客槎。欲问昔游无处所,晚烟生水日沉沙。"无独有偶,同代苏州籍宰相丁谓因故远谪岭南,亦于途中吟有"下程欲远披襟处,满眼贞桐与佛桑"之句,足见当时此花栽培之盛。

佛桑,人多以为其即扶桑。然李时珍却明确说"不",其《本草纲目》详述"东海日出处有扶桑树,此花光艳照日,其叶似桑,因以比之"后,特郑重指出:"后人讹为佛桑。"显然,在他看来,佛桑原非扶桑。至于两者异同,此公戛然而止,并未明示。好在近代工笔花鸟名家周天民《花卉画谱》一书,曾对苏杭一带花卉作过认真考察,并参考《植物名实图考》、《广群芳谱》、《本草纲目》、《秘传花镜》、《本草图经》等经典古籍,一一予以梳理甄别,颇具真知灼见。对于佛桑,他的诠释是:"锦葵科,落叶灌木,高七八尺,叶长圆形端尖,边缘有锯齿而大,质厚,有光泽似桑。花冠重瓣,花萼分两层。夏月至秋,开时甚久,花红色,深浅不一。花瓣之蒂部,其色更赤,有纹脉,蒂似桂,花蕊雌雄同株,甚美。"与此相比,扶桑"叶卵形而端尖";"花冠大,筒状形五裂,花柱特长,蒂苞五出两层,有柄分单瓣重瓣之别"。显而易见,两者迥然有别,此桑实非彼桑。

明代旅圣徐宏祖《徐霞客游记》所记佛桑,已有白、黄、浅红、深红诸色及重瓣类型,然此花向以红色为最普遍。故历来诗词所咏,亦多系红佛桑。常熟举人桑悦《咏佛桑》是为一例:"南无(音那摩,梵语。合掌恭敬之意)丽卉斗猩红,净土门传到此中。欲供如来嫌色重,谓藏宣圣讶枝同。叶深似有慈云拥,蕊坼偏惊慧日烘。赏玩何妨三宿恋,只愁烧破太虚空。"体物既细,描摹又工,写来形神俱活。其同乡进士杨仪则因"客有折佛桑花见示",欣然填词一阕:"佛桑原是天南种,不须着意安排。花本无寒暖,闲门要路一时开。休浪说,楚尾吴头地。吴头地,总只待,暖津一天回。当年见说耕园驿,君谟(蔡襄表字)两度为花来。白发诗篇里,对花依旧恨难栽。君莫讶,随遇花堪爱。花堪爱,何用佛桑在手,方可进余杯。"显然旧事重提,品花犹念蔡公。

历代诗人盛赞佛桑"受色朱天,含艳丹间",不过也有例外。南宋名臣洪适因有感于其父洪皓奉旨赴金,坚拒伪职,被扣几亡,历十五年始还;其弟洪迈亦尝使金,因拒称"陪臣",备受凌辱,生不如死,于是咏《佛桑》诗云:"展叶柔桑沃,装丛醉缅繁。定应西域到,略不轻耐寒。"其诗首联描写佛桑之叶肥美如桑,其花朵大红艳;尾联假设本宜温暖湿润的南方名卉,却由辽金外域而来,姿态娇美,惜无风骨。如此明抑柔弱佛桑难耐寒冷,反衬自己"傲霜凌雪"之志。

# 叶底无花果自红

自然界鲜花着锦,群芳谱异彩纷呈。因之,人们往往既常遇一花多名,又辄闻数卉同称。比如以佛教典籍《法华经》"优昙钵花三千年一见,见到金轮出世","如优昙钵花,时一现耳"及《长阿含经·游行经》"如来时时出世,如优昙钵花时一现耳"所说"优昙钵花"为例,清徐珂《清稗类钞》称其既乃优昙钵罗,又即娑罗。然李时珍却郑重宣称:"无花果凡数种,此乃映日果也,即广中所谓优昙钵。"《方舆志》亦载:"广西优昙钵不花而实,状如枇杷。"可知优昙钵别名之一,当为无花果。

无花果,又称蜜果、映日果、文仙果,为桑科榕属落叶灌木或小乔木。原产西南亚的沙特阿拉伯、也门等地,远在两千五百年前,埃及即有此树之浮雕。因《圣经》称其为天堂果品而深得广大基督教会信徒喜爱。东欧一些国家更是将此果作为幸福美满的象征,新婚典礼,不可或缺。据考,吾国输入栽培约始于晋代。唐玄奘《大唐西域记》即有记载,同代释家玄应《一切经音义》称其"叶似梨,果大如拳,其味甘,无花而果实"。至宋,龙图阁学士宋祁赞其"不花而实,薄言采之,味埒蜂蜜"。《本草纲

无花果

目》则道其"枝柯如枇杷树,三月发叶,如花构叶,五月内不花而实。实出枝间,状如木馒头。内虚软,熟则紫色软烂,甘味如柿而无核"。对于所谓"不花而实",历代诗人莫不既惊又喜。如王国钦欢吟"叶底无花果自红,柯间累累唱高风。无言无悔情无已,一瓣心香袅未穷",庄德新也欣然而咏"先花后果顺乎时,万物荣枯自有期。罕见无花能结果,宏观造化孕神奇"。

但是且慢,无花果果真"不花而实、无花而果"么?答案当然只能是否定的。此树雌雄同株,高丈余,多分枝,有乳汁;叶掌形,背有毛;全株酷似八角金盘。初夏着隐头花序于总轴。该总花轴的顶端向下凹入,长成一个肥厚的肉质空心圆球,球顶有一个并不封闭的小孔。若用刀片将圆球切开,不难发现,在空腔周缘的上端缀有许多小雄花,下端另有小雌花。花朵甚小,呈浅红色,因隐身于囊状花托内,故不易被肉眼察觉。此花依赖虫媒传粉,虫子凭借球顶小孔,于开花时节钻入里面,心甘情愿"为他作嫁"。花殒结实呈卵形,生青熟紫,味美可口。可见,恰如袁树生所咏:"人道无花本有花,只因不愿露风华。年年结出香甜果,默献人前羞自夸。"黄有韬"叶里藏花花似叶,被人殆误说无花。只求有果堪传世,何必着花取众哗",及汪恒毅"春花秋实有千般,结果隐花休等闲。不以花容竞春色,唯留硕果向人间"之吟,亦属异曲同工,所见略同。

"柳绿桃红转日轮,蜂喧蝶舞各纷纷。梦中喜见无花果,却有清风夜叩门。"尽管人们所见所尝的无花果,并非确凿意义上之"果",而实乃膨大发育成球状的花托。但这并不妨碍其味道甘醇,营养丰富。此果既是肉质松软、香甜如酥的果品,又可兼作芬芳鲜美、风味独特的蔬肴,并具补脾益胃、润肺止咳、清热解毒、散瘀退肿等功能,堪称果蔬双美、食药两用。且其又枝干光洁,叶片肥硕,树姿优美,冠色浓绿,对二氧化硫、二氧化氮、氯化氢、硝酸雾及苯等有毒气体,均具较强抗性;特别在距氨气污染源四五十米处,仍能健壮生长,足见其实属绿化花木中首屈一指之名优树种。

# 天竹夭红籽代花

"傍榻列陶瓶,天竹殷殷红透。好与寒梅做伴,喜两相竞秀。梦回夜半忽闻香,冉冉袭罗袂。晓起检看衣带,又一花粘袖。"此乃苏州乡贤周瘦鹃当年因日寇入侵,避难皖南黟县南屏山村时所作。据说其时"苦无点缀,邻女以蜡梅天竹各一枝相赠",遂"喜出望外,赋小令《好事近》为谢"。虽系即兴之作,却道出了一个真谛:天竹最宜蜡梅做伴,难怪向有"岁寒二友"之称。

天竹,一作天竺,又名南天竹,为小檗科南天竹属常绿灌木。李时珍道其"吴楚山中甚多,临水生者尤茂,叶似冬青而小,光滑而味酸涩,五月开花结实如朴树子,成簇,生青,九月熟则紫色"。此卉原产吾国,长江流域各地均有栽培,计有白果南天竹、黄果南天竹、紫果南天竹、红叶南天竹、圆叶南天竹、锦丝南天竹诸种。株高三五尺至丈许,丛生少分枝,茎有节,挺拔如竹;叶类苦楝,凌冬不凋;夏开细花,四瓣色白,簇生枝顶;秋冬果熟,其鲜红者可分三类:一称"狐尾",穗长盈尺,籽粒饱满,其品最优;二称"狮尾",穗略短,形松大,结籽多,其品次之;三称"满天星",枝矮叶密,穗小果疏,其品最次。另有果实呈鹅黄色者,颇罕见;而尤以蓝色果者最为珍稀。

据《山家清供》载:"按《本草》南烛木,今黑饭草即青精也。采枝叶捣汁

天竹

浸米，蒸饭曝干，紧而碧也。"《梦溪笔谈》亦道："南烛草木作青精饭。此木类也，又似草类，今人谓之南天烛者，是也。"原来，古人多采其叶渍汁染米，煮成乌饭，色青而光，可资阳气。故《日华子本草》、《本草拾遗》分别称其墨饭草或乌饭草。唐杜甫"岂无青精饭，令我颜色好"，皮日休"传得三元青饭名，大宛闻说有仙卿"，陆龟蒙"旧闻香积金仙食，今见青精玉釜餐"，张贲"谁屑琼瑶事青精，应宜仙子胡麻伴"，即咏此饭。另因前人认为天竹可避火灾，且寓意长寿、多子，故历来将其奉为案头清品。宋杨巽斋对其交口赞赏："花发朱明雨后天，结成红颗更轻圆。人间热恼谁压得，止要清香净业缘。"清代词家更是竞相歌赋，吟咏不绝。如顾贞观《忆江南》："江南好，寒掩小窗纱。积雪红垂天竹子，微泉碧注水仙芽。幽事属谁家"，姚燮《鹊桥仙》："葡萄样子，樱桃颜色，蛛网墙阴笼住。绿翎瘦雀乍飞来，又带雪一红衔去。松枝共互，梅花共吐，时节天寒日暮。分明翠袖倚阑珊，恰添上泪痕多许"，刘嗣绾《满庭芳》："凤尾拖烟，鹤头点露，天然竹影檀园。圆期到了，和泪走鲛盘。却似抛来红豆，相思处翠袖萧寒。天涯远，者回霜信，解与报平安。当年金谷树，珊瑚七尺，敲向谁看。怕有人低折，踏冻声干。一任昏鸦数遍，双栖约准待清鸾；银灯底，摇枝冷碧，清梦压阑干。"至于杨世沅《谒金门》，则专赋黄天竹："红心草，惯惹人间热恼。东海少君翻样巧，雅黄刚画好。辟火炉烟尚袅，火齐珠光换了。待打莺儿啼破晓，枝头金弹小。"

  对于天竹之名，清李渔认为，"竹无花以夹竹桃代之，竹不实以天竹实之"，实属"蛇足之事"。其实，相比"天竹"而言，其别名南烛、大椿、男续、猴药、牛筋、后草、杨桐、惟那木、猴菽草、阑天竹等更有过之无不及，就连一代宗师李时珍也深表无奈："诸名怪异，多不能解。"

# 爬山如虎欲冲斗

尝被晚清朴学大师俞樾盛赞"泉石之胜，花木之美，亭榭之幽深，诚足为吴中名园之冠"的留园，"奇石当轩耸，危栏映水凉"，"珍禽囿篱樊，异卉媚窗轩"，美不胜收，自不待言。然游客观光此园，切莫忽略一株罕见的爬山虎，其寿几达二百载，枝蟠如虬，叶布似屏，在粉墙黛瓦映衬下，气势不凡，夺人眼球。

爬山虎，又名爬墙虎、常春藤，原产中国。虽随处可见，并不珍稀，却浑身藏谜，奥秘不少。比如，分明是葡萄科爬山虎属落叶藤本，却偏气冲牛斗，威名称"虎"。诗人鄢祖莹就曾拍案称奇："高高攀树梢，袅袅复娉婷。本是轻柔质，何来猛虎名？"原来，此种藤本形如葡萄茎蔓，腋生卷须，顶端似爪，无论前方是削壁、深谷还是巉岩，抑或是乔木莽草、墙垣屋舍，一如迅雷狂飙，纵横驰骋，所向披靡，席卷鲸吞，裹挟倾覆，分明是：爬山如虎绿旋风，攻城略地显威风。一般来说，一根两厘米粗的藤本栽植两年后，绿色领地能达四十平方米左右，其登攀能力更是最高可至二十余米。可见，喻其为虎，名不虚传。那么，此藤究竟何能具此魔力呢？科学家借助扫描电子显微镜，窥探到其卷须长有一种特殊吸盘：凡新生者、柔嫩者为湿吸盘，密集的细胞组成蜂窝状结构，布满"微孔"空隙；而粗壮者、苍老者则为干吸盘，微孔间犹有微管，内壁光滑似橡皮管，将所有微孔予以相互连接。从结构力学观点分析，正是此种特异结构起了超强黏附作用。且在生长过程中，吸盘尚能不断分泌黏液，增强与接触面的黏附力。兼之吸盘内所含之氮、氧二气，随着植株的生长和发育，氮气逐步被光合作用耗损,氧气亦因分泌物发生氧化反应而渐次消解。于是,吸盘形成负压,有效地促使其黏附强度更为增高,造就了犹如千军万马横扫一切的惊人奇观。有诗可证:"天生虬须惯徜徉,更凭吸盘逞坚强。攀登何须狂飙吼,旋风卷成绿汪洋。"

爬山虎每届夏月于短枝顶端叶间开小花,聚生伞状,繁而细密,色黄绿,尚可观。而尤以其长有深裂的宽大叶片,幼时嫩红,渐变翠绿,入冬艳红,绚丽夺目,蔚为壮观。令人诧异的是,尽管其藤叶层层叠叠,密密麻麻,却伸展有序,镶嵌得当,沐日餐露,互不遮挡。那么,此中缘故又有何玄机呢?意大利数学家列奥那多·裴波那契研究发现,此类植物之叶片在枝茎上的分布,遵循着一种特殊序列。正是这种巧妙的排列方式,能使植株上每片叶子不分等级,和谐相处,恪守平等、公正,共享阳光雨露。同时又将植物体内养料的输送、细胞的增生和信息的传递凭借一条捷径,即既耗能最少又最有利于植物体生长这样一种最佳方式进行。有分教:漫道其浑无知觉,却原是大智若愚。

爬山虎身怀绝技,攀缘有术,有人却对其心存芥蒂:"不艳何人赏,青青满壁缠。终难登大雅,底事苦攀缘?"甚至有人憎其遮光挡风,匿虫滋害,必下杀手而后快。然平心而论,此藤向无攀龙附凤之心,仅怀垂直绿化之愿。其天赋较强生存能力及适应性,既惯耐贫瘠土壤,又无惧干旱溽热,极宜于宅院、庭园、别墅等处栽植配绿,尤其是酷暑炎夏,降温有方,净气降噪,更具能耐;兼之根茎皆可入药,大有祛风通络、止痛消肿之效。如此草根一族,仰不愧天,俯不怍人,其志可嘉,何罪之有?

# 老干鹰爪吐新花

广州海幢寺有株鹰爪兰，高逾二米，柯似鹰爪。相传明末此地原为郭姓大户人家花园，其主人对奴仆极为苛刻歹毒。一日婢女兰香在井边浣衣，主人诬其偷盗翡翠玉扣，严加拷问。兰香不堪凌辱，投井自尽。郭家为掩盖罪迹，遂着人填平了水井。不久，井口生出了一枝鹰爪兰，越长越壮，终成蒙茸一架。后有佛徒看中此地，建造伽蓝，题名"海幢"。另有一说，道是明代里人郭龙岳自印度携苗返乡，精心而植。后人舍宅为寺，此树亦随之皈依佛门。入清，内阁中书程可则有次游览该寺，谒而咏道："尘苑多灵异，凡花总不同。兰开鹰爪绿，丹结马缨（即合欢树）红。"其本至今已历三百余载，犹然虬枝苍遒，绿叶婆娑，于每年五六月间开花，繁葩盈头，清香四溢。黄志豪有诗可证："西天传异品，鹰爪吐新芳。别有幽情在，千秋护海幢。"

鹰爪兰，一名鹰爪花，为番荔枝科鹰爪属常绿木质藤本植物。其本枝条修长，叶类薝卜；夏月着花，花瓣反卷，香气似兰。因每朵有距，锐若鹰爪，故获此称。花色初放淡绿如叶，盛开时则易成轻黄，雅丽别致，馨香馥郁。早在南宋，绍兴年间被高宗赵构亲擢为状元的王十朋，就曾于政暇之余，题咏《鹰爪花》一绝："谁把名鹰爪，天然状不殊。无心事搏击，中有鸟相呼。"这位名宦鸿儒，倒也堪称此花"粉丝"，其《修鹰爪花架》一诗又道："有花藤蔓生，封植傍州宅。状类鸷禽爪，叶作翻风翩。酸分含笑香，黄带薝卜色。架倒吾为扶，清凉纳朝夕。"爱怜之意，溢于言表，足见其甘作花仆，乐为卉奴。

无独有偶，清代广东香山（今中山市）贡生李遐龄，亦与此花有过一次亲密接触。据其《鹰爪花》长诗自述,有次他偶尔在一水塘边,发现"塘边绿一丛,花与叶同色"。既然"闻香知有花",不由跃跃欲试,伸手欲采。或许因仅是小藤本,且又野生于荆棘茅丛之间,折腾多时,却犹"近索乃不得"。于是,"几时掣(拽)韝(臂套)去,遗此雪泥迹。拨叶喜见之,拿枝具猛力"。终于如愿以偿,采撷在手:原来正是一株鹰爪花。李公浮想联翩,大为感慨:"雀鼠耗太苍,狐兔横草泽。何当假羽翼,平原恣搏击。徒供簪鬓鸦,女儿带露摘。郅都时亦无,使我长叹息。"所谓"郅都",乃西汉景帝刘启朝之中郎将。此公性敢直谏,勇悍公廉,行法向来不避贵戚权臣以及列侯宗室,时人称之"苍鹰"。于是得罪权贵,为窦太后所恶,终被罗织罪名而惨遭杀害。显然,此诗所咏,憎恨时弊,追思廉臣,别怀深意。

　　鹰爪花既入招提,历朝释家自然爱其若珍璧。明代诗僧澹归与花为侣,情溢于胸,先后填有《梅花引》三阕:"春得长。秋得养。花歇人稀成翠幌。阴屯香。晴屯凉。团团如盖,莫比楼桑桑。似藤微硬木微软。深不见深浅不浅。疏疏排,密密开。好风高卧,为我徐徐来。""兰兜绿。鹰挂足。夜合香生蒸栗玉。枝枝低。叶叶齐。亭亭亭下,好于栖栖栖。会得盖时方会载。汝不爱人人自爱。风非松。月非桐。树树朴朴,一个当家翁。""百千岁。谁为类。老干婆娑太尊贵。是名兰。非名兰。周将处于,材与不材间。片石缫云天织雨,青青黯黯遥相许。长枝花。短枝花。且莫狼狼,藉藉太亏他。"毕竟是方外达人,咏来好不清新雅谈,兼饶神韵。

# 藤牵栝楼挂门衡

南宋竹坡居士周紫芝《竹坡诗话》尝载:"韩退之(即韩愈)《城南联句》云:'红皱晒簪瓦,黄团挂门衡。'黄团当是瓜蒌,红皱当是枣,退之状二物而不名,使人瞑目思之,如秋晚经行,身在村落间。"人称"议论具有根底"的许觊在其《彦周诗话》中亦道:"联句之盛,退之也。《城南联句》云:'红皱晒簪瓦,黄团挂门衡。'是说干枣与瓜蒌,读之犹想见西北村落间景象。"由此可知,两位学人不约而同诠释:所谓黄团,即指瓜蒌。

瓜蒌,学名栝(音瓜)楼,为葫芦科蔓生植物果蓏所结之果实。《诗经·豳风·东山》篇有句:"果蓏之实,亦施于宇。伊威(地鳖虫)在室,蟏蛸(喜蛛)在户。"就是描述"橘黄色的栝楼把藤牵,一个个挂在屋檐前",以示房屋久不住人,一派老藤覆瓦、乱蔓侵窗,地鳖虫和喜蛛活动猖獗的荒芜景象。不过,也有人认为,栝楼便是果蓏。如汉初毛亨《毛诗故训传》即称:"果蓏,栝楼也。"李时珍更是认为栝楼即果蓏之音转:"蓏与蓏同。许慎云:木上曰果,地下曰蓏。"此物蔓生附木,故得兼名。诗云'果蓏之实,亦施于宇'是矣。栝楼即果蓏二字音转也,后人又转为瓜蒌,愈转愈失其真矣!"然此说似难被历代方家认同,就连日本著名汉学家冈元凤《毛诗品物图考》,也依据《尔雅》"果蓏之实,栝楼"、东汉李巡《尔雅注》"栝楼,子名也"等说,确认果蓏乃指藤本,栝楼方为果实,二者应有区别。

前人对果蓏与栝楼的生长观察极为详细,如清初乾隆进士、侍读学士邵晋涵《尔雅正义》称:"栝楼四月生苗,引藤蔓生,及秋而华

（花），秋末成实，下垂如拳，或长或锐，或小或圆。"而北宋苏颂《图经本草》亦云，其"三四月生苗引藤蔓，叶如甜瓜叶而窄作叉，有细毛。七月开花似葫芦花，浅黄色，结实在花下大如拳，生青，至九月熟，熟后赤黄色，其形有正圆者，有锐而长者，功用皆同"。原来，果蓏之根与实，富含淀粉，食药两宜。秋冬采根去皮，寸切水浸，逐日换水，四五日取出后带水细磨，以绢滤汁，去渣澄粉，晒干之粉洁白如雪，人称"天花粉"，或名其瑞雪，意谓此乃上天仙葩之粉。不过也有别解，如清王学权《重庆堂随笔》释云："栝楼实一名天瓜，故其根名天瓜粉，后世讹瓜为花，然相传已久，不可改矣。"曩昔民间多用其制作烧饼、煎饼，或揉团切细作面条食用果腹。另如明朱元璋第五子周王朱橚鉴于"国土夷旷，庶草蕃芜，考核其可佐饥馑者四百余种绘图疏之"而成之《救荒本草》，尝载云："采栝楼瓤煮粥食，极甘。"而作为中药的天花粉，又名"玉露霜"，则如《本草正义》所言："药肆之所谓天花粉者，即以蒌根切片用之，有粉之名，无粉之实。"据考，其名初见于东汉《神农本草经》，南北朝后遂渐次正名。其功能清热生津、消肿排脓，可用于热病烦满、肺热燥咳、疮疡肿毒及消渴（即糖尿病）诸症；现代临床用于妊娠引产及治疗恶性葡萄胎、绒癌等疑难杂症，所具疗效亦佳。

除此之外，栝楼尚是旧时女性常用的天然美容佳品。大宋苏门四学士之一的名士晁补之所著《鸡肋篇》载："燕地女子冬月用栝楼涂面，谓之佛妆。但皆敷而不洗，至春暖方涤去。久不为风日所侵，故洁白如玉也。"

# 檐前红白扁豆花

"庭草衔秋自短长,悲蛩(蟋蟀)传响答寒螀(寒蝉)。豆花似解通邻好,引蔓殷勤远过墙。"南宋高翥这首《秋日》,将普通平常的眼前景物,写得有声有色、可亲可爱,堪称情韵诗意俱胜,体现了宋人绝句之长。然若问此指何"豆"之花?只恐一时难以作答。

不过,人们还是可从"引蔓殷勤"、"似解通邻"这一特征,逐一排除黄豆、蚕豆、绿豆、赤豆、豌豆一类作物,而忖度十有八九是扁豆花。同理,若读清费丹旭"豆花开绕槿篱门,此是江南旧水村。疏雨下过凉月上,好返邻曲话黄昏"一诗,即便不看其题"扁豆花",庶几亦可作出正确判断。至于文德铭七律《豆花》所吟:"蔬圃香生遍地宜,花开雨后倍新奇。叶披凉露蟏蛸(即蟢子)户,蔓衍秋风络纬(即纺织娘)丝。几簇蛾眉分瓣瓣,数丛虎爪祝离离。栅阴父老闲谈笑,解诵燃萁七步诗。"纵然诗人并未言明何豆之花,仍有理由认定当为扁豆花。正因此藤性好蔓延,《浮生六记》著者沈复之爱妻芸娘常将其作"活花屏":每屏一扇,用木梢二枝,约长四五寸,作矮条凳式,虚其中,横四档,宽一尺许,四角凿圆眼,插竹编方眼。屏约高六七尺,用砂盆种扁豆,置屏中,盘延屏上,两人可移动。多编数屏,随意遮拦,恍若绿荫满窗,透风蔽日,迂回曲折,随时可更,故曰"活花屏"。每当茶热香温,花开月上,伉俪对屏小饮,觅句联吟,其乐融融。香善精舍近僧有诗赞曰:"琴边笑倚鬟双青,跌宕风流总性灵。商略山家栽种法,移春槛是活花屏。"

扁豆,一名沿篱豆,又名蛾眉豆。盖因"扁荚形扁也,沿篱蔓延也，蛾眉象豆脊也"。其为豆科一年生蔓性草本，二月下种，出苗后历春夏至白露乃更繁衍，其茎蔓柔长，卷绕他物而生。叶互生为大复叶，有三小叶，心脏形尖端。夏秋叶腋抽花轴，缀以十余花，状如飞蝶，色有白或紫红两种。花后结实为荚，其形或长或团，或如龙爪、虎足，或如猪耳、刀镰，凡十余样，各不相同，然皆串串绚藤，累累垂枝。白露后结实，子有黑白赤斑四色，其中白者硬而微黄，其气腥香，其性温平；黑者黑间有白道，犹如鹊羽，故又称鹊豆。扁豆嫩叶可充蔬食茶料；青豆荚鲜嫩可口，宜用于凉拌、热炒；老则可收籽煮食。据研究，其豆粒含有丰富的营养物质，如蛋白质、脂肪、碳水化合物以及钙、磷、铁、镁、锌等，药食俱佳，老少咸宜。

《草木便方》有歌曰："扁豆花治痢带崩，解中药毒米饮吞。叶疗霍乱转筋痛，捣敷蛇犬咬伤清。"《本草便读》亦载："扁豆花赤者入血分而宣淤，白者入气分而行气。凡花皆散，故可清暑散邪，以治夏月泄痢等症也。"除了花，其藤、叶、根、种子、种皮亦俱入药，历朝《本草》均有记述。如《名医别录》称其"和中下气"；《食疗本草》道其"补五脏，主呕逆，久服头不白"；《本草图经》言其"行风气，治女子带下，解酒毒、河豚鱼毒"；《本草纲目》谓其"止泄痢、消暑、暖脾胃、除湿热、止消渴"；《事林广记》、《肘后方》则分别曰"六畜肉毒，白扁豆烧末存性研涂水胀之良"，"恶疮痂痒作痛，以扁豆捣封，痂落即愈"；《遵生八笺》还专载有以白扁豆与人参作细片煎汁，掺米煮粥之偏方。据称经常饮食，大益精力。

# 手种猴桃垂架绿

尝见有人出访新西兰回国后,撰文盛赞那里出产的奇异果,一脸歆羡之色。殊不知,此果的老祖宗,便是吾国古老藤本植物猕猴桃。数典岂可忘祖?往事并不如烟!

猕猴桃,古称苌楚,早在两千五百年前即已进入国人生活。《诗经》时代,先民曾以《桧风·隰有苌楚》一诗记录了这种植物的生长盛况:"隰有苌楚,猗傩(音义同婀娜,轻盈美盛貌)其枝。夭(少而好貌)之沃沃(光泽状),乐子之无知。隰有苌楚,猗傩其华(同花)。夭之沃沃,乐子之无家。隰有苌楚,猗傩其实。夭之沃沃,乐子之无室。"佚名诗人身处乱世,不堪赋徭杂税之苦,自叹不如草木无知无忧,既无家室之累,亦无房奴之劳,更无物价高涨、货币贬值、医教昂贵、治安不良之愁,无意中却为后人留下了一份认知猕猴桃的珍贵资料。猕猴桃因花叶似桃而果形如梨,别名藤梨,亦称羊桃。如宋人唐慎微《证类本草》有记,藤梨,生山谷,藤生着树,叶周有毛,其果形如鸭卵,皮褐色,经霜始甘美可食。羊桃之说,文献尤多。如三国吴人陆玑疏曰:"苌楚,今羊桃是也,叶长而狭,花紫赤色,其枝茎弱,过一尺引蔓于草上。"南朝陶弘景亦道:"山野多有,甚似家桃。子细小苦不堪啖,花

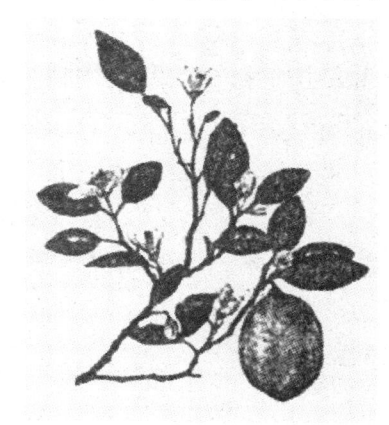

猕猴桃

赤色。"《蜀本图经》则云："叶花似桃，子细如枣核，苗长即蔓生不能为树，多生溪涧。"入唐，段成式《酉阳杂俎》首称其为猴骚子，而嘉州刺史岑参《太白东溪张老舍即事寄舍弟侄等》一诗，更尝明白无误引吭高歌"中庭井栏上，一架猕猴桃"；延至宋代，大儒朱熹亦有"手种猴桃垂架绿"之咏。其名缘由，自然不出寇宗奭《本草衍义》所释，该藤本"多附木而生，其子十月烂熟，深山则多为猴所食矣"。对此，李时珍亦予认可道："猕猴喜食，故有此名。"

20世纪初至30年代间，猕猴桃相继被引种到新西兰及美、英、日、俄、法、意、印、比利时等国。其始作俑者当推新西兰来华的传教士，于1906年回该国时，盗带猕猴桃种子提交果农栽培，三年后结出了第一批果实。中文译名为"奇异果"，或作"基维果"。由于坚持品种改良和适宜的生态条件等有利因素，其果实质量大为提升。从60年代始，新西兰已成为国际市场上猕猴桃的主要出产国。

猕猴桃家族拥有五十多个品种，食用价值较高之种类亦为数不少。其果实成熟后，异香扑鼻，甘甜不腻。既宜生食，亦可加工制成果酱、果汁、果酒、果脯、果干。据说当年徐福为秦始皇所寻找的不死灵药，即乃此果。有日本专家研究披露，该国地处濑户内海的祝岛，位于九州、本州、四国三岛环绕之间，人烟稀少，环境特殊。那里深谷腹地长有一种神奇的植物果实，俗名"寀寀"，日本古籍则称之"千岁"。此果大小如核桃，汁多，味甘，民间传说经常食用可望千年不死。而此种"千岁"，其汉名便是中国野生猕猴桃。对其养生作用，吾国古籍多所记载。如《山海经·中山经》"羊桃，状如桃而方茎，可以为（治）皮张（肿胀）"；唐代名医陈藏器亦称"根浸酒服，治风热羸老"；北宋所刊《重定本草》，则称功可解热、止渴、通淋。可见，先民早已熟谙其食药相兼功能。现代科学更是证实，此果确具防病健身、抗衰益寿之特殊良效。

# 缘何首乌惊子孙

苏轼《与欧阳知晦尺牍》写道:"闻公服何首乌是否?此药温厚无毒,李习之传正尔","仆亦服此,但采得阴干便杵罗为末,枣肉或炼蜜为丸……服极有力。恐为得此法,故以奉白"。无独有偶,其老表文同《寄何首乌丸与友人》一诗亦云:"此草有奇效,尝闻于习之。陵阳亦旧产,其地尤所宜。"哥俩不约而同都提到了李习之其人,这究竟是何缘故呢?

原来,李公即唐人李翱,习之乃其字,元和初为国子博士、史馆修撰,再迁考功员外郎。性峭鲠,尝面折宰相李逢吉之过。此公文才了得,流传于世的宏文《答进士王载言书》、《复性书》,就连一代大家、评点文学鼻祖金圣叹亦赞不绝口,惊为"妙绝之笔",毫不迟疑将其收录于《才子古文》。不过,苏、文二公提及此人,与这两篇妙文无关,亦非因其官有直声,颇有建树,而是缘起于他的另一篇奇文《何首乌录》。该文云:"僧文象好养身(生)术,元和(唐宪宗李纯年号)七年三月十八日,朝茅山(位于江苏西南部,原名句曲山。传为西汉茅盈、茅衷、茅固"三茅真君"修道成仙处,号称道教"第一福地、第八洞天")。遇老人于华阳洞口,对僧曰:'汝有仙相,授之秘方。'"言毕,又继续详细告知个中原由,道是顺州南河县有个

何首乌

老农何田儿,天生为阉人,年五十八仍独身。有次因外出喝醉于夜归途中酣卧野中,及醒,见身旁有藤两本,相远三尺,苗蔓相交,时分时合。心甚异之,便掘根持回遍问村邻,人皆不识而笑劝曰,此藤异而夜合,恐是仙草神药。翁既老而无子,莫若饵之一试。于是田儿曝而干之,研末酒服,果然精力倍增,遂娶寡妇曾氏,竟连生数子,乡人莫不惊诧不已。后有山老指点:"此交藤也,服之可寿百六十岁。"自此田儿加大剂量,坚持服用,不仅旧疾皆愈,满头白发竟都乌黑发亮,直至年百六十岁方卒,共生男女一十九人。儿孙亦都寿过百三十岁。田儿与交藤因之双双获称"何首乌"。说完这些,老丈复对文象郑重交代了何首乌的性状特征、炮制秘方以及禁忌事项,这才"言讫别去"、"行如疾风"云云。这正是:"神药必然得灵根,蔓条交分格外亲。食之延年可益寿,满头乌发惊子孙。"

李翱所记是否属实,只能留待专家考证。至于说何首乌为滋补良药,倒确言之不虚。此藤蔓延而生,茎呈紫色,叶如山药而碧绿,花似牵牛色米黄,结籽有棱,似荞麦而极细。根大者如拳,有赤白两种。据说赤者为雄,白者为雌,均具补肝肾、益精血之奇效。前人诗曰:"翠蔓走岩壁,芳丛蔚参差。下有根如拳,赤白相雌雄。剐之高秋后,气味仍不亏。断以苦竹刀(忌用铁器),蒸曝凡九为。夹罗下香屑,石蜜相和洽。入臼杵万过,盈盘走累累。"先人嗜服何首乌几成风尚,比如大宋名士梅尧臣就曾自述:"试采上阳(春秋虢国都城,今河南陕县境内)何首乌,刮切仍致苦竹刀。"

"日进岂厌屡,初若无所滋。渐久觉肤革,鲜润如凝脂。既已须发换,白者无一丝。耳目固聪明,步履欲走驰。十年亲友别,忽见皆生疑。"服食何首乌固能直入肝肾,健身防病,但切记,剖割炮制严禁铁器,且必用人奶或米泔水九蒸九晒,炼蜜成丸,又断不可同食葱、蒜、姜、萝卜、猪羊鸡鸭血及一切无鳞之鱼,方能不致引邪入内而大奏奇效。

# 茑萝花绣翠羽盖

南宋阮阅《诗话总龟》引唐宣武节度使郑处晦《明皇杂录》,道是以犯颜直谏著称于世的一代名相张九龄,因遭奸相李林甫毁谤而遭罢免。张公托物感怀,连咏十二首孤芳自赏、直抒胸臆的《感遇》诗作之余,意犹未尽,又挥毫写下五首《杂诗》,其中一首道:"茑萝必有托,风霜不能落。酷在兰将蕙,甘从葵与藿。运命虽为宰,寒暑自回薄(茂密)。悠悠天地间,委顺(曲从依顺)无不乐。"诗人不仅以香草兰蕙与朝阳葵藿自况,托物感怀,以明心迹;且从茑萝必有依托之自然特性,引申并讥刺恰如南北朝童谣所唱"直如弦,死道边;曲如钩,反封侯"这一千古不易的人间怪象,名为咏物,实系讽世。那么,所谓茑萝,又究系何物呢?

茑萝,又名游龙花、浮游花,系旋花科茑萝属一年生缠绕性草本。高可数丈,茎细长,柔弱攀缘;叶互生,纤细羽状深裂,裂片线形,基部一对裂片常各两裂,托叶与叶同形;聚伞花序腋生,有花数朵,夏秋间陆续开放,花冠高脚碟状,形似牵牛花而小,有红、白、橙黄诸色,明丽鲜艳,别致可爱;结籽似覆盆子,赤黑甜美。至于何以名"茑",据宋儒朱熹《诗集传名物钞》释曰:"茑,寄生也。"并注道:"茑,《说文》音吊,寄生草也。"明李时珍亦道:"此物寄他木而生,如鸟立于上,故曰寄生、寓木、茑木,俗呼为寄生草。"韩保昇《蜀本草》则认为除了形似鸟立,另有玄机:"诸树多有寄生,鸟食一物,籽粪落树上,感气而生。"然也有人质疑:"若以为鸟食物籽落枝节间感气而生,则麦当生麦,谷当生谷,不当生此一物也。"看来,个中奥秘,尚待破译。

南朝陶弘景尝谓："茑是桑上寄生，松萝（即女萝）是松上寄生。"陆佃《埤雅》却道："茑是松柏上寄生，女萝是松上浮蔓。"其实，茑萝通常寄生于枫、桑、柿、槲等树木，尤以松柏类居多。明人李翘有诗可证："松柏有茑萝，生死共依附。柔弱不自持，垂垂百尺树。草木非金石，荣华宁久驻。摧折非所期，飘零更谁顾。"然令人称奇的是，尽管种类众多，却首推桑寄生最宜入药，元代名医朱震亨对此感曰："桑寄生药之要品，而人不谙其的，惜哉！"反之，《本草衍义》郑重告白："以他木寄生送上服之，逾月而死，可不慎哉！"但据说货真价值的桑寄生得之不易，早在宋徽宗政和年间，身为医官通直郎的寇宗奭即曾以其亲历亲闻扼腕叹息："桑寄生皆言处处有之，从官南北，处处难得。岂岁岁斫残之苦，不能生耶？"

对于"叶绕千年盖，条依百尺枝"的茑萝，《辞海》称其："原产热带非洲。"然揆之《诗经·小雅·頍（古代发饰，用以固冠）弁（皮帽）》有句，"茑与女萝，施于松柏"，"茑与女萝，施于松上"。《诗序》释此为讽喻周幽王"暴戾无亲，不能宴乐同姓，亲睦九族，孤危将亡"。而《诗集传》则谓其乃"燕（宴）兄弟、亲戚之诗"，即贵族昆仲亲属间之宴集酬唱，以喻彼此缠绵依附之意。王安石之婿蔡卞《毛诗名物解》更进而释道，茑之施于松柏，乃喻异性亲戚必须依赖周朝天子之俸禄，如同茑之寄生；而女萝之施于松柏，则喻同性亲属只需依附周王，因女萝系附生植物，自营生活，不必如茑依赖寄生养分存活。显然早在周代，吾国即生茑萝。原产抑或舶来，似宜再作深究。

# 高枝轻坠女萝花

贵州人民出版社于20世纪90年代推出了一套《中国历代名著全译丛书》，其中《诗经全译》诠释《小雅·頍弁》"茑与女萝，施于松柏"、"茑与女萝，施于松上"两句时，分别道："桑寄生和菟丝子，攀着松柏来生存"，"桑寄生和菟丝子，攀着青松往上升"。显然，乃指茑为桑寄生，而女萝便是菟丝子。此说是否确而无误呢？但看日本汉学家冈元凤于光格天皇光明甲辰（即清乾隆四十九年，1784年）所撰的《毛诗品物图考》一书，援引三国魏人张揖《广雅》"菟邱，菟丝也。女萝，松萝也"，及吴人陆玑《诗疏》"菟丝蔓连草上，黄赤如金。松萝自蔓松上生，枝正青，与菟丝殊异"之说，特予甄别，警示后人："此等说二物，辩得明白。"显然，女萝即菟丝子一说，并不成立。

不过，将女萝说成菟丝子，倒非空穴来风。其源盖出自汉初毛亨《毛诗故训传》："女萝，菟丝、松萝也。"宋朱熹《诗集传》亦谓："女萝，菟丝也。"《尔雅》更称"唐蒙、女萝、松萝、菟丝"，为四别名。然诸说不仅皆被冈元凤有力批驳："毛《传》既失，朱说亦错，遂使混淆。《说约》（指明顾梦麟《诗经说约》）辩之"。且早在初唐，淹博古今、人号书簏的李善即曾明断："古诗云'与君为新婚，菟丝附女萝'，二者异草。毛公误合为一。"简而言之，女萝与菟丝两者形态各异，习性迥别。菟丝"蔓连草上，黄赤如金"，以吸根盗吮寄主水分和养料，应属寄生蔓草；而女萝恰如宋罗愿《尔雅翼》所言，"女萝色青而细长，无杂蔓。故《山鬼》（见屈原《九歌》）云'被薜荔兮带女萝'，谓其青长如带也。菟丝黄赤不相类"。其植株虽依托他树旁木，却并不偷吸寄养分而自行光合作用，实为藻、菌共生的丝状地衣类着生植物。故陆佃《埤雅》宣称："茑是桑上寄生，松萝是松上浮蔓。"综合各说，李时珍一锤定音："当以二陆（陆玑、陆佃）罗氏（罗愿）之说为的，其曰菟丝者误矣。"也正因如此，李白《古意》诗曰："君为女萝草，妾作菟丝花。轻条不自引，为逐春风斜。百尺托远松，缠绵成一家。谁言会面易，各在青山崖。女萝发馨香，菟丝断人肠。枝枝相纠结，叶叶竞飘扬。若识二草心，海水亦可量。"

女萝体呈灰绿色，远望似丝似带，若烟若雾，煞是飘逸可观。历代诗人皆极钟爱，每多昵称，或名其碧萝，"秋连碧萝鲜"；或号其翠萝，"西风生翠萝"；或道其云萝，"云萝蔽茅屋"；或夸其飞萝，"飞萝摇春烟"；或呼其高萝，"高萝垂饮猿"；或赞其香萝，"香萝蔓春绿"；或咏其深萝，"深萝月不通"；或言其纤萝，"风气入纤萝"；或颂其青萝，"青萝袅袅挂烟树"；或喻其烟萝，"烟萝初合涧新开"；或云其绿萝，"绿萝高张翠羽盖"；或誉其垂萝，"垂萝四面绕茅茨"。当然，因其常与松做伴，故更多的则统称其松萝，恰似齐王融所诗："罩历女萝草，蔓衍旁松枝。含烟黄且绿，因风卷复垂。"

尝被明人戴冠歌为"托身乔木，朝兮烟绾，夕兮云蠢。袅袅千尺，下引深谷。斧不可施，斤（斫木斧）不可劚"的女萝，其甘平无毒，药用价值绝不逊于菟丝。甄权、李时珍即曾先后声称，此草"能平肝邪、去寒热"，"治胸中痰涎、头疮瘤瘿，令人得眠"。

# 风吹不响马兜铃

吴承恩的《西游记》好不幽默谐趣,令人忍俊不禁。请看朱紫国"医病降妖"一幕:孙行者揭了皇榜,却又将其揣在猪八戒怀里,由此引发出不少诙谐滑稽细节。这且不说,后来老孙答应医病了,被唐僧喝道:"你跟我这几年,那曾见你医好谁来?你连药性也不知,医书也未读,怎么大胆撞这个大祸?"老孙笑道:"师父,你原来不晓得,我有几个草头方儿,能治大病。管情医得他好便了。就是医死了,也只问得个庸医杀人罪名,也不该死,你怕怎的?"随后诊脉用药,更是令人捧腹。这猴头为了将锅灰等物"搅和一处"搓成"三个大丸子",竟硬逼白龙马撒下马尿凑合备用。谁知歪打正着,国王的病真医好了。于是大摆筵席,庆功谢恩。那八戒得意忘形,叫将起来:"陛下,吃的药也亏了我,那药里有马……"老孙怕他走了消息,急递酒于他。老猪接了便吃,不再啰嗦。孰料国王却偏刨根问底:"神僧说药里有马,是什么马?"猴头急中生智,胡诌道:"陛下早间吃药,内有马兜铃。"国王很纳闷,忙问众官道:"马兜铃是何品味?能医何症?"时有太医院官在旁道:"主公,兜铃味苦寒无毒,定喘消炎大有功。通气最能消血蛊,补虚宁嗽又宽中。"国王大喜,举杯笑道:"用得当!用得当!猪长老再饮一杯!"

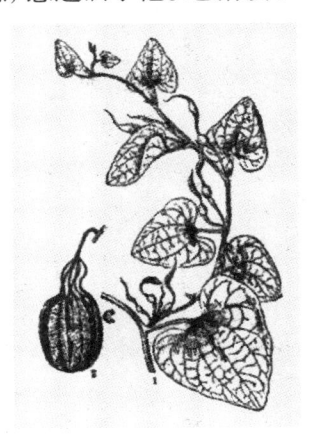

马兜铃

有意思的是,孙猴子虽是信口撒谎,

却并非全无依据。说起这马兜铃,确乎是一味常用草药。就在《西游记》第三十六回"心猿正处诸缘伏,劈破旁门见月明",另有一首唐僧抒发情怀之诗:"自从益智登山盟,王不留行送出城。路上相逢三棱子,途中催趱马兜铃。寻坡转涧求荆芥,迈岭登山拜茯苓。防己一身如竹沥,茴香何日拜朝廷?"此诗巧借马兜铃及益智、王不留行、三棱子、荆芥、防己、竹沥、茴香共九味药名揭示书中情节,妙不可言,颇值玩味。足见射阳山人何等知识渊博,才华横溢!难怪胡适不无感慨:"《西游记》小说的作者,是一位放浪诗酒、复善谐谑的大文豪!"

马兜铃,乃马兜铃科多年生缠绕草本,名始见《开宝本草》。据寇宗奭《本草衍义》释道:因其"蔓生附木而上,叶脱时其实尚垂,状如马项之铃,故得名也"。唐人苏恭对其颇有研究,尝称:"马兜铃,今关中河南河北江淮夔浙州郡皆有之。春生苗作蔓,绕树而生;叶如山蓣叶而厚大,背白;六月开黄紫花,颇类枸杞花;七月结实如大枣,状如铃,作四五瓣;其根名云南根,似木香,大似小指,赤黄色。"另据《花镜》载:"马兜铃,一名青木香。"徐光启《农政全书·马兜铃考》亦曰:"根名云南根,又名土青木香。"其根与实,俱可入药。至于医药效用,李时珍见解独到:"马兜铃体轻而虚,熟则悬而四开,有肺之象,故能入肺气","主治肺热咳嗽,痰结喘促",并道,"岭南人用治蛊,隐其名",号称"三百两银药"。《唐本草》则云:凡"诸毒热肿蛇毒,水磨为泥,封之。日三四次,立瘥。水煮一二两,取汁服,吐蛊毒;又捣末调涂疗肿疮,大效"。

马兜铃本多山野自生,平泽丛林皆有,然亦宜人工栽植。早在盛唐,岑参《临洮龙兴寺玄上人院同咏青木香丛》一诗云:"移根在远方,种得在书房。六月花新吐,三春叶已长。抽茎高锡杖,引影到绳床。只为能治病,倾心向药王。"

# 幽兰花送王者香

兰,向与松竹梅合称四君子。然松有叶无香,竹有节无花,梅有花无叶,独兰兼而有之:叶挺如剑,花舞似蝶,秀节多姿,幽香袭人,色、气、神、韵四清具备。

考"兰"之名,亮相极早。据明董斯张《广博物志》所引《路史》云,帝尧之世,即有金道华种兰一说。春秋时期更屡现身,如《易经·系辞》"同心之言,其臭(气味)如兰";《诗经》"诸侯执薰,大夫执兰","溱与洧,涣涣兮,士与女,方秉蕑(兰草)兮";《孔子家语》"与善人处,如入芝兰之室","芝兰生于深谷,不以无人而不芳";及《猗兰操》将兰尊为"王者香";屈原《离骚》"纫秋兰以为佩"、"秋兰兮麋芜"、"疏石兰兮为芳",可谓屡见不鲜。左丘明《左传》尤记,郑文公之妾燕姞梦人赠兰一枝,并曰:"兰有国香,人之服媚如是。"后生一子,取名曰兰。公子兰成年后入晋避难,晋欲伐郑,兰力劝得止。晋君因之遣使入郑,建议文公立兰为太子。文公于是迎兰归国,立其为嗣。兰遂即位,是为穆公。当其临终,执兰而叹:"兰死,吾其死乎?吾所以生也。"言毕掐断兰花,瞑目以逝。由兰而生,与兰同亡,此对后世影响极为深远。越王勾践种兰会稽山,楚襄王建兰台宫,汉武帝造猗兰殿,晋王羲之作兰亭序,另如沐兰致祭、纫兰上朝、奉兰招魂、执兰迎祥、焚兰

兰

溢香、植兰养性、品兰寄怀、咏兰述志、画兰怡心、赠兰传情,如此等等,兰与先人因缘实深,密不可分。

然古代之兰,却非今兰。宋儒朱熹《楚辞辩证》尝作精辟分析:"大抵古之所谓香草。必花叶皆香,而燥湿不变,故可刈而为佩;若今之兰蕙,则其花虽香而叶乃无气,其香虽美而质弱易萎,皆非可刈而佩者也。"参照唐末杨夔《植兰说》及后世诸多《兰谱》,均与此说相符。《本草纲目》、《群芳谱》亦都推断,唐前之兰,实是兰草与泽兰。兰草亦即佩兰,与泽兰同为菊科泽兰属草本。唐宋两代,今日之兰方渐为人所重。如《汗漫记》即载王维"用黄磁斗,养以绮石,累年弥盛"。寇宗奭《本草衍义》亦云:"兰叶润且韧,长及一二尺,四时常青,花黄绿色,中间瓣上有细紫点,春芳者为春兰,色深。秋芳者为秋兰,色淡。"及至南宋,赵时庚《金漳兰谱》、王贵学《兰谱》及赵子固《兰竹图》相继问世,植兰赏兰之风随之愈盛。当然,这并不妨碍诗人咏兰,仍与古兰同气流注,一脉相承。宋王柏"春兰访旧盟,楚泽撷芳名",元张简"我歌幽兰诗,楚调悲中肠",明宋玄僖"中谷见芳草,令人忆远湘",清康熙"爱此王者香,着花秀中庭"之句,即为明证。其中自亦不乏以兰励志、咏兰述怀者,如大宋遗民郑所南工于画兰,但"画兰不画土",不忘"地为番人夺去"。其《画兰》诗"纯是君子,绝无小人。空山之中,以天为春",深为元代倪瓒敬仰激赏,尝题诗赞道:"秋风兰蕙化为茅,南国凄凉气已消。只有所南心不改,泪泉和墨写《离骚》。"

清郑燮一生酷爱画兰:"七十三岁人,五十年画兰,任他雷雨风,终久不凋残。"除了画兰、咏兰,写字竟也仿兰:"要知画法通书法,兰竹如同草隶然。"有人据此赋诗曰:"板桥作字如写兰,波磔奇古形翩翻。板桥写兰如作字,秀叶疏花见姿致。"

# 蕙花氤氲化作蝶

历代文人辄将兰蕙并称,汉无名氏"新树兰蕙葩",晋鲍照"帘委兰蕙露",唐韩偓"萧艾转肥兰蕙瘦",宋杨万里"山居种兰蕙",元倪瓒"秋风兰蕙化为茅",明文彭"偶培兰蕙两三载",清吴嘉纪"沃我盆中兰蕙枝",如此等等,屡见不鲜。然虽如影随形,两者实非一物。屈原"余既滋兰之九畹兮,又树蕙之百亩",宋玉"风光转蕙,氾崇兰些",李德裕"蕙草春已碧,兰花秋更红",张友正"蕙叶垂偏重,兰丛洗转新"等咏,俱为明证。故宋王应麟《困学记闻》力挫《草本略》"兰蕙为一物"之说,郑重宣告:此"为二草,不可合为一"。而后蜀张翊《花经》品评花木等级时,将兰列为"一品九命",蕙为"二品八命",亦足佐证此说。

那么,兰蕙究又如何区分呢?有人道:"春兰夏芷(即白芷),秋蕙冬荪(即菖蒲)。"意即春花为兰,秋花乃蕙。但此说未必成立,且不论"纫秋兰以为佩",显然兰亦有秋花者;就说蕙,葛洪《抱朴子》云"春蕙秋兰",陆机《悲歌行》道"春芳伤客心,蕙草饶淑景",罗愿《尔雅翼》更曰"蕙大抵似兰花,亦春开。兰先开而蕙继之"。既有"春蕙"存世,其说不攻自破。故人皆公认还是黄庭坚持论合理:"花开香有余者,兰;一干数花而香不足者,蕙。"有意思的是,此公还做了个形象比喻:"兰如君子,蕙似士大夫。"理由是:"盖山林中千蕙而一兰也。"谢翱《楚辞芳草谱》亦载:"蕙大抵似兰,皆柔荑(嫩芽),其端作花,兰一荑一花,蕙一荑五六花,香次于兰。"其实,古代之蕙,即今唇形科之零陵香,亦名薰草、九层塔,为一年生草本。每年春夏间开花，全枝具芳香。对此，明王象晋《群芳谱》曾明示："蕙草，一名薰草，一名香草，一名燕草，一名黄陵香，即零陵香也"，"此草生下湿地方，茎叶如麻，相对生。七月中间开赤花，甚香"。先人常将其茎叶干燥后进行破碎，然后盛于香囊，随身佩带。一如陈陶所咏："一月薰手足，二月薰衣裳，三月薰肌骨，四月薰心肠……刈获及葳蕤，毋令见雪霜。"时至北宋，"蕙"始专指今日之蕙。大儒朱熹《咏蕙》有诗为证："今花得古名，旖旎香更好。适意欲忘言，尘偏讵能在。"然虽如此，并不影响一脉相承，回归传统。如宋润州（今镇江）太守杨杰《蕙花》一诗云："蕙本兰之族，依然臭味（香气。《疏》：臭，气香馥如兰也）同。曾为水仙佩，相识楚词中。"

蕙草入诗，代有佳作。如汉繁钦"蕙草生山北，托身失所依。植根阴崖侧，夙夜惧危颓。寒泉侵我根，凄风常徘徊"，晋嵇康"绿叶幽茂，丽蕊浓繁。馥馥蕙芳，顺风而宣。将御椒房，吐薰龙轩"，唐杜牧"寻常诗思巧如春，又喜幽亭蕙草新。本是馨香比君子，绕栏今更为何人"，俱为名篇。清代一生酷爱画兰的郑板桥，同样不忘倾心咏《蕙》："丛丛蕙草水之涯，绿叶阴深半欲遮。最是清风披拂处，一茎嫩玉九枝花。"

世多重兰而轻蕙。李渔因之斥道："皆执成见，泥成心也。"认为"蕙诚逊兰"，但"不在花与香而在叶"。故竟主张为蕙"留花去叶，痛加剪除"；或将蕙叶"截之使短"并"去角成尖"，人工促使"兰蕙相若"。此法妙否？蕙花"粉丝"，不妨一试。

# 春风窈窕绿蘼芜

"百道飞泉喷雨珠,春风窈窕绿蘼芜。山田水满秧针出,一路斜阳听鹧鸪。"清人姚范这首写景之作,何等鲜活洒脱,韵味独特。尤其是次句将本是形容少女形体的"窈窕"一词,用得既新且奇。至于到底是春风窈窕还是蘼芜窈窕,则又妙在尽可意会而难以言传。

蘼芜,古时异名甚多。《尔雅》称其蕲茝、蘪芜,《尔雅疏》唤其薇芜、江蓠,《山海经》道其芎䓖,《淮南子》则呼其蛇床。然更为复杂的是,司马相如《子虚赋》尝云"芎䓖菖蒲江蓠蘼芜",《上林赋》亦曰"被以江蓠,揉以蘼芜"。据此看来,芎䓖、江蓠、蘼芜三者似又各为一物,互不相干。难怪有人抱怨:"夫乱人者,若芎䓖之与藁本(香草名),蛇床之与蘼芜者。"好在李时珍善能释疑解惑,且听其如何道来:"蘼芜一作蘪芜,其茎叶蘪弱而繁芜,故以名之。"随即又条分缕析,逐一破解:"当归名蕲,白芷名蓠。其叶似当归,其香似白芷,故有蕲茝、江蓠之名","嫩苗未结根时则为蘪芜,既结根后乃为芎䓖;大叶似芹者为江蓠,细节似蛇床者为蘼芜。如此分别,自明白矣"。此公意似未尽,复作补充道:"人头芎窿䓖高,天之象也。此药上行,专治头脑诸疾,因有芎䓖之名。"因不同产地的草药功效自亦不尽相同,以芎䓖而言,历来医家公认天府之国所产质量最为上乘,故又向有"川芎"之称。

蘼芜为伞形花科多年生香料草本,其叶香,花白色,若莳于园庭,则芳馨满径。先人辄喜于"穷林间觅野芎","时摘嫩苗烹赐茗"。北宋龙图阁学士宋祁《芎赞》道:"柔叶美根冬不殒零,采而掇之,可糁于羹。"古诗因之有"上山采蘼芜,下山遇故夫"之说,恰如唐人赵嘏《蘼芜叶复齐》一诗所咏:"提筐红叶下,度日采蘼芜。掬翠香盈袖,看花忆故夫。叶齐谁复见,风暖根偏孤。一被春光累,容颜与昔殊。"或许是重见前夫未必乐观,故有人叹云:"蘼芜满手泣斜晖。"不过,楚大夫屈原倒是堪称蘼芜知己,不仅偏爱"扈(披)江离与辟芷(白芷)兮,纫秋兰以为佩",又无比推重"揽椒(花椒)兰(泽兰)其若兹兮,又况揭车(珍珠菜)与江离"。据《广志》透露,时至三国,魏武帝曹操亦有喜将蘼芜藏于衣袖以嗅其香的癖好。名流雅好此草,由此可见一斑。难怪宋人苏籀赋诗赞道:"介特有如松,繁华非惭菊","蘼芜见《离骚》,苓(甘草)藿(豆叶)入谱录"。

有意思的是,曹雪芹在《红楼梦》的大观园中竟也苦心构建了一座蘅芜苑。寄居此处的薛宝钗,因之雅称"蘅芜君"。所谓"蘅芜",其实就是杜蘅与蘼芜两种香草的并称。贾宝玉对此大发宏论:"想来《离骚》、《文选》等书上所有的那些异草……什么丹椒、蘼芜、风连,如今年深岁改,人不能识,故皆象形夺名,渐渐的唤差了,也是有的。"可见蘼芜一草,在曹公心目中地位之重。当然,此系小说家言,情节纯属虚构。然历史上果真有位别号"蘼芜"的不凡女性,那便是色艺冠世的吴越名妓柳如是。其本姓杨,名爱,字蘼芜。崇祯十一年(1638)才改姓柳,名隐,字如是,号河东君。故殁后友朋为之绘图记事,题曰"蘼芜香影"。又因葬于常熟虞山,文静玉有诗悼云:"蘼芜香满蘼芜家,虞山晓翠香云拥","踏青遮莫踏蘼芜,恐惊地下春魂醒"。

## 蕨芽珍嫩压春蔬

大明才子解缙幼时曾赋一绝:"一拳打破地皮穿,拿住东风不放拳。直待子规(即杜鹃鸟)啼夜月,展开凤凰去朝天。"初看不知所云,细加体味,方知此乃咏蕨之作,肖物精工,笔意新丽。就是这位旷世奇才,于成祖朝入直文渊阁,累进翰林学士兼右春坊大学士。然因赞立太子高炽及谏讨交阯(今越南)忤旨数事,为汉王高煦(成祖朱棣次子)及右通政李至刚等人所谮,终被下诏狱而死。世不容才,历来如此,令人欷歔不已。

蕨,三国吴人陆玑《诗疏》称之山菜,其有青紫二种,以紫者为胜。如《格物论》云:"蕨生山间,根如紫草,茎青紫色,末如小儿拳,亦如大雀拳足,又如其足之蹶也,故谓之蕨。"《尔雅翼》亦曰:"蕨生如小儿拳,紫色而肥。"故白居易尝宠之以诗,"蕨芽已作小儿拳",黄山谷亦有"蕨芽初长小儿拳"之咏。农历五月间的蕨苗,叶小花淡,梗嫩芽细,可谓天字第一号野菜,恰如陆游所咏,"蕨芽珍嫩压春蔬"。故曩昔每逢"蕨芽初长粉如脂",便可辄见"山童新采蕨芽肥"。蕨既是家居蔬肴,又可度荒救灾。其根状茎尤富含淀粉,俗称"蕨粉",可蒸食或制成粉末、粉皮,以供食用。明黄裳"皇天养民山有蕨,蕨根有粉民争掘"、张惟本"寄语儿童莫啼饥,澄

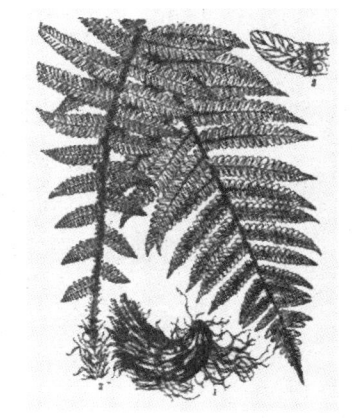

蕨

来蕨粉白如雪"之吟,俱指其事。

前人常爱将蕨与薇"称兄道弟",相提并论。"山有蕨薇,隰有杞(枸杞)桋(苦楮)",《诗经》之《小雅·四月》可谓始作俑者。再看《召南·草虫》:"陟(登)彼南山,言采其蕨。未见君子,忧心惙惙(忧愁状);亦既见止,亦既觏(相遇)止,我心则说(悦)","陟彼南山,言采其薇,未见君子,我心伤悲;亦既见止,亦既觏止,我心则夷(平静)。"其诗以描述南山采撷蕨薇这一情景,表现情人分离时的苦恼哀怨与重逢后的喜悦甜蜜,刻画至深,表露无遗。而该诗同时又传递出一个信息:先人不仅爱把蕨薇并吟合咏,尤喜将两者同采共食。这就自然令人想起殷末周初的伯夷、叔齐两位先贤。这一对孤竹国王子辞让王位后,投奔西伯姬昌。"及至,西伯卒。武王载木主,号为文王,东伐纣。"于是,伯夷、叔齐叩马而谏:"父死不葬,爰及干戈,可谓孝乎?以臣弑君,可谓仁乎?"后来武王终于克商。"天下宗周,而伯夷、叔齐耻之,义不食周粟,隐于首阳山,采薇而食之。"直至双双饿死,以身殉国。此事《史记·伯夷列传》、《孟子·万章下》均有记述。然当年两人采薇而食,其实肯定也没少吃蕨菜。世以"西山(即首阳山)薇蕨"代指坚守气节,便是明证。因之黄庭坚诗云:"盗跖人肝常自饱,首阳薇蕨向来饥";元好问则曰:"南渡衣冠几人在,西山薇蕨此生休";直至清乾隆帝南巡时,亦在北宋名相范仲淹手书《伯夷颂》长卷上御题:"衣冠不羡千秋史,薇蕨还胜五鼎(古代祭礼,大夫以五鼎盛放祭品。所谓士祭三鼎,大夫祭五鼎)羞(美食)。"

说起范仲淹,这位苏州籍乡前贤,恰也与蕨颇有因缘。据宋楼钥《范文正公年谱》载,宋仁宗赵祯明道二年(1033),范公奉旨安抚江淮,见"饥民有食乌昧草者",遂"撷草进御,请示六宫贵戚,以戒侈心"。据现代专家考证,乌昧即蕨。范公恤民之心,于此昭然洞见。

# 春在溪头荠菜花

东风送暖，大地回春；雨润如酥，莺飞草长。散见于田野溪头的荠菜，开出了一片繁密的四瓣白色小花，星星点点，可亲可近，众多蜂蝶上下翻飞左右追逐，一派田园风光何等生机盎然！难怪王安石一生厚爱"薰风洲渚荠花繁"；连其政见不同者司马光竟也有此同好，"后檐数户地荒秽，不剪欲令生荠花"；辛弃疾更是每见"陌上柔桑破嫩芽"，即会感怀"春在溪头荠菜花"。

荠菜，嫩者可食。别名枕头草、香菩菜、粽子菜、护生草，而尤以百岁羹一名为最著称。陶穀《清异录》云："俗号荠为百岁羹，言至贫亦可具，虽百岁可长享也。"此道荠乃野菜，随处可见，取之不竭，贫寒之家亦可终生享用。早在西周，荠菜即为先民盘中之餐。《诗经·邶风·谷风》尝咏："谁为荼苦，其甘如荠。"而屈原《九歌》"荼（苦菜）荠不同亩"之咏，表明春秋之际已然人工栽培。及至前汉，《尔雅》更有"荠味甘，人取其叶作菹及羹亦佳"之说。入唐，荠已成为新春馈赠礼品，所谓"盘装荠菜迎春饼"也。传说相国千金王宝钏抛彩球选中贫寒夫婿薛平贵后，因其父阻挠，毅然来到长安郊外武家坡，居寒窑，挖野荠，熬过了整整十八载苦难生涯，终于与衣锦还乡的丈夫团聚。可见荠菜虽小，助贫救苦大有一功。

历代清贫书生与落魄寒士，更没少与荠菜休戚相关、荣辱与共。唐孟浩然就曾感伤"天边树苦荠，江畔舟如月"；杜甫自曝靠"墙阴老春荠"度荒，"时危始识不世才，谁为荼苦甘如荠"；白居易亦尝庆幸"满庭田地湿，荠叶生墙根"；苏轼贬官闲居，"时绕麦田求野荠，强为僧舍煮山羹"，并谑称其为"东坡羹"，道是"天然之珍，虽小甘于五味，而有味外之美"；那位晚年投闲置散的陆游，对荠嗜之成瘾；"春来荠美勿忘归"、"寒荠绕墙甘若饴"；且欣然咏道："惟荠天所赐，青青被陵岗。珍美屏盐酪，耿介凌雪霜。"范仲淹幼年家贫，常以荠菜供馔，其《荠赋》"陶家瓮内，腌成碧绿青黄；措大口中，嚼出宫商角徵"之吟，感受真切，情意深厚。难怪金人李献能但见"晓雪没寒荠"，即愁"无法充朝饥"。另据宋僧文莹《玉壶诗话》载，宋太宗有次垂询参知政事苏易简，世间"食品何物最珍？"苏答道："食无定味，适口者珍。臣止知荠汁为美。"有人因而诗道："刘伶病醒相如渴，长鱼大肉何由荐。冻荠此际值千金，不数清泉槐叶面。"明高濂与清郑燮也分别盛赞"若以此味，海陆八珍皆可厌也"，"三冬荠菜偏饶味"。可见荠之为人所爱，实非一般。

  荠菜不仅味道鲜美，营养丰富，且性味甘凉，颇具清热止血、平肝明目之效，民间向有"春食荠菜赛仙丹"之说。江南人家将三月初三上巳节定为荠菜花生日，盛行于是日将其置于灶台，以避虫蚁之村风土俗。南京乡谚"三月三，荠菜花赛牡丹，女人不戴无钱用，女人一戴粮满仓"，则将"荠菜"谐音"聚财"，以讨口彩，希冀吉利。然也有地方对其知之甚少，弃之不用。《明皇杂录补遗》即载，高力士在安史之乱中被放逐巫山。山谷多荠而人皆不食。力士感之，因吟诗寄意云："两京作斤卖，五溪无人采。夷夏虽有殊，气味终不改。"对此，李清照即曾批评其被流放后意志消沉，再不敢议论朝政，眷念国事。

# 首阳薇花香如故

鲁迅断言:"汉字不灭,中国必亡。"然有意思的是,此公却正凭借汉字并参照汉字所记载的诸多典籍写下了大量鸿文大著。如其《故事新编·采薇》之本事,即源于《史记·伯夷列传》。那是殷末周初之际,孤竹国君之子伯夷、叔齐辞让王位,叩马谏阻武王伐纣。周灭商后,兄弟俩耻于吃周家天下之粮,隐居首阳山(位于今山西永济),采薇而食以致饿毙。临死,歌曰:"登彼西山矣,采其薇矣,以暴易暴兮,不知其非矣,神农、虞、夏忽焉没兮。我安适归矣?于嗟徂(殂)兮,命之衰矣!"后人遂以"伯夷、叔齐"泛称节操高尚之士;以"首阳"、"西山"代称隐逸守节之地;以"采薇"、"不食周粟"、"西山薇蕨"指称坚守气节之举;以"周粟"借称不愿承认的新朝主子所赐之物。

古人食薇,由来甚久。《诗经·小雅·采薇》乃周宣王时出征将士所唱之歌,其诗六章,前三章即以"采薇"起兴,描述壮士出征、转战边陲、饥渴劳苦、久戍难返之复杂情景:"采薇采薇,薇亦作止(新芽出土);曰归曰归,岁亦莫止(年尾未成)。靡(离)室靡家,俨狁(入侵之敌,此指匈奴)之故;不遑启居(岂可坐视),俨狁之故","采薇采薇,薇亦柔止(嫩芽苗长);曰归曰归,心亦忧止。忧心烈烈,载(充满)饥载渴;我戍未定(停),靡使归聘(无法回家)","采薇采薇,薇亦刚止(茎叶葳蕤);曰归曰归,岁亦阳止(忽又春回)。王事靡盬(王差未完),不遑启处(君命唯违);忧心孔疚(忧愁添疾),我行不来(归心成灰)"。其诗既有同仇敌忾、抗御外侮的壮志豪情,又有恋念桑梓、诅咒战乱的离恨愁绪。

东汉许慎《说文》道："薇如藿，乃菜之微者也。"宋王安石《字说》则从另一层面释道："微贱所食，故名为'薇'。"唐孟诜《食物本草》将其列为"柔滑类菜部"。《诗经》之《小雅·四月》、《召南·草虫》篇，尝谓"山有蕨薇，隰有杞桋"、"陟彼南山，言采其薇"。可见此种俗名野豌豆的多年生草本，大江南北，芳踪遍布。其茎柔细斜升或攀缘，叶轴顶端有卷须，花冠红或近紫至浅红色。因色泽艳丽，既可栽作观赏花卉，亦宜植为牧草或绿肥，其茎叶尤可炒食或煮羹，味不亚于豌豆苗。史载明代官方曾作宗庙祭祀之用，其时有人专事栽培，以供所需。

历代文人咏薇之作，多涉"首阳采薇"一典。如屈原《天问》"惊女采薇，鹿何祐？北至回水，萃何喜？"即言有女子相讥伯夷、叔齐：既义而不食周粟，所采之薇岂非周土之物？陆次云"何必登首阳，高歌怀采薇"，似亦隐含此意。他如阮籍"下有采薇士，上有嘉树林"，王绩"相顾无相识，长歌怀采薇"，陶潜"饥食首阳薇，渴饮易水流"，莫不皆就此典借题发挥，各抒己见。另据清常熟学人王应奎《柳南续笔》载，明清改朝易代之初，诸生有抗节而拒绝参加科举考试者，后经告示：山林隐逸，有志进取，一体收录。于是，诸生竟闻风而至。有人题诗相嘲："一队齐夷下首阳，几年观望好凄凉。早日薇蕨终难饱，悔煞无端谏武王。"及进院，不料却被以桌凳不够为由统通驱出。有人又戏以前韵作诗曰："失节夷齐下首阳，院门推出更凄凉。从今决意还山去，薇蕨堪嗟已吃光。"闻者无不捧腹。

# 蚕豆风前紫白花

南宋杨万里不愧咏物诗高手,一次与友人小酌,席间有位陈益之,指着宅前屋后丛丛绿叶婆娑、翠荚琅玕的蚕豆,笑称历朝至今"未有赋者",企盼其当场露一手。这当然难不住诚斋先生,遂"戏作七言"云:"翠荚中排浅碧珠,甘欺崖蜜软欺酥。沙瓶新熟西湖水,漆stand(蔓生植物)分尝晓露腴。味与樱梅三益友,名因蚕茧一丝绚(联结)。老夫稼圃方双学,谱入诗中当稼书。"正是:众目所观,他心未到;摹形入妙,佳句天成。

"名因蚕茧",话确不错。所惜语焉未详。倒是元王祯《农书》文泄天机:"蚕豆,蚕时始熟,故名。"恰如诗人所咏:"蚕忙时节豆离离,烂煮堪充老肚皮。却笑牡丹如许大,不成一事只空枝。"不过,其说似仍不够全面。且看《本草纲目》:"豆荚状如老蚕,故名。王祯《农书》谓其蚕时始熟故名,亦通。《太平御览》云张骞使外国得胡豆种归,指此也。"有趣的是,据宋林洪《山家清供》称,其读苏轼《巢故人元修菜》"豆荚圆而小,槐叶细而丰"之句,"未尝不冥搜畦垄间,必求其是",却历时"二十年不得解"。后始闻东坡好友道士巢元修嗜食豆苗,遂名之小巢菜,又称元修菜。其制法乃将嫩苗幼叶择洗后用麻油炒熟,再下盐酱煮之。所谓"点酒下盐豉,缕橙芼(拌和)姜葱"者也。

蚕豆,一名罗汉豆。虽《本草》失载,然盛产于吾国华中、西南和华东等地,系豆科一二年生草本作物。秋月下种,冬生嫩苗,方茎中空;一枝三叶,状如匙头,本圆末尖,面绿背白。春季开花如蛾状,色洁白或淡紫，内有黑斑。故江南一带有乡谚曰："蚕豆花开黑良心。"当然，此系戏谑之言。有识之士则对其充满理解与赏识。如清汪士慎题《蚕豆花开图》云："蚕豆花开映女桑，方茎碧叶吐芬芳。田间野粉无人爱，不逐东风杂众香。"崔沧日《蚕豆花》诗亦道："蛱蝶缤纷戏垄畦，吴歌楚舞足奢华。春光漫漫迷人眼，蚕豆风前紫白花。"至于脍炙人口的曹植《七步诗》："煮豆持作羹，漉豉以为汁。萁向釜下燃，豆在釜中泣。本是同根生，相煎何太急。"虽未明说此是蚕豆，然既云"漉豉"，即指过滤煮熟后发酵过的豆子，用以制作调味品。揆之曩昔民间正是多用蚕豆制酱。因此，至少没有充足理由，否定此咏主体并非蚕豆。

　　蚕豆向有"百谷中最先登者"之誉称。"消梅松脆樱桃熟，穤麦甘香蚕豆鲜。鸭子调盐剖红玉，海狮入馔数青钱。"蔡云这首《吴歈》披露，吴中盛行初夏尝三新之俗。顾禄《清嘉录》曰："立夏日，家设樱桃、青梅、穤麦，供神享先，名曰立夏见三新。蚕豆亦于是日尝新。"恰如袁枚《随园食单》所说："新蚕豆之嫩者，以腌芥菜（即雪里蕻）炒之甚妙。随采随食方佳。"而吴人之食蚕豆，更是奇招百出。《吴郡岁华记丽》就记有"兰花豆"制法："用蚕豆水浸，令软，剥去半壳，剪开豆瓣，下油釜炒松，作兰花样。"尤侗有诗可证："本来种豆向南山，一旦熬成九畹兰。莫笑吴侬花样巧，满盘都作楚骚看。"然蚕豆不仅可为蔬肴，或充食粮，且宜入药疗疾。如《万表积善堂方》尝载："一女子误吞针入腹，诸医不能治。一人教令煮蚕豆同韭菜食之，针自大便同出。"对此，李时珍感言："此亦可验其性之利脏腑也。"

# 芳渚香芹秀晚春

《列子·杨朱》有记："昔人有美戎菽、甘枲茎、芹萍子者，对乡豪称之。乡豪取而尝之，蜇于口，惨于腹，众哂而怨之，其人大惭。"说是结籽的老水芹本非妙物，有人却因自己偏爱而将其与杂豆、苍耳一起向富豪推荐。富豪食后，嘴涩、肚痛。于是大家讥笑、责怪这位仁兄不知深浅，自作多情。这个典故看似平常，却对后世影响极为深远，人们因以献芹、芹献、芹曝、美芹、甘芹等词比喻所献菲薄，敝帚自珍。如杜甫"献芹由来知野人"，黄遵宪"愿以区区当芹献"，邓文原"野人芹曝抱丹心"等咏，莫不源出此典。就连曹雪芹《红楼梦》首回，亦曾写及甄士隐对贾雨村道："邀兄到敝斋一饮，不知可纳芹意否？"所谓芹意，亦本于此。且有人认为，雪芹一名，即蕴其义。

芹，《本草经》作"靳"，《周礼》称"芭"，《集韵》则作"菦"。《本草纲目》尝道："芹有水芹旱芹，水芹生江湖波泽之涯，旱芹生平地。有赤白两种，二月生苗，其叶对节而生，似芎䓖；其节有棱而中空；其气芬芳；五月开细白花，如蛇床花。"芹自古即为菜蔬，其嫩茎及叶柄可食用，或素炒，或凉拌，或作馅，口感脆嫩，具特殊香气。早在《诗经》之《小雅·采菽》及《鲁颂·泮水》，即分别咏有"觱（泉涌貌）沸槛泉，言采其芹"、"思乐泮池，薄采其芹"之句，描述先民乐往喷涌泉水之溪或泮宫泮水之傍，采摘鲜芹。除了烹饪佳肴，古俗更是将芹尊作祭品。《周礼·天官》即载："醢（官名）人掌四豆（祭祀时分四次进献的木制容器）之实……加豆之实，芹菹兔醢。"所谓"芹菹"，便是经过腌制的香芹酱菜。

"菜之美者，云梦之芹。"《吕氏春秋》所载，表明古时江汉平原云梦大泽所产之芹，质佳声著。芹本野生之物，后因供难应需，渐有人工栽培。正如宋儒朱熹"谢人惠芹"诗云："晚食宁论肉，知君薄世荣。琼田何日种，玉本一时生。"然两汉之后菜蔬香芹实非全系本土古芹，而已包括原产欧洲传入中国的西芹。芹在神州，随处可见，成群集生，堪称一景。因之诗人词客，多有吟唱。如陈继儒"春水渐宽，青青者芹。君且留此，弹余素琴"，屠本畯"有芳者芹，香滑拟莼。薄言采之，于河之湑（水边）。甘而美之，相彼野人。相彼野人，欲献至尊"，释宗渤"深渚芹生密，浅渚芹生稀。采稀不濡足，采密畏沾衣。清晨携筐去，及午行歌归"。

医圣张仲景尝称："春秋二时，（蛟）龙带精入芹菜中，人误食之为病，而青手青腹满如妊痛，不可忍。"对此，李时珍释云："芹菜生水涯，大抵是蜥蜴虺蛇之类，春夏之交遗精于此"，"蛇喜嗜芹，尤可为证"。意思是说，虺蛇及蜥蜴之类爬行动物常在芹叶底下栖息产卵。人若误食，即会致病。近代科学家则认为，蛇类并不食芹。所谓蛟龙虺蛇，实为金凤蝶之类爱吃芹叶的虫子。恰如唐代名医孟诜《食疗本草》所言："诸虫子在其叶下，视之不见，食之与人为患。"此说甚确，暴君明成祖朱棣因嗜水芹，屡患腹痛，后经苏州籍太医院院判韩夷诊治，连用雷丸、大黄、木香等药服之，果然下虫六十二条，方愈。此事《吴县志》、《姑苏志》、《苏州府志》均有明文记述，可知所言不虚，确属信史。

# 风中的𣠘珍珠花

南朝范晔《后汉书·孟尝传》载,上虞(今绍兴市东)孟尝"初仕郡(指会稽郡,治今苏州)为户曹,因州郡表其能",奉旨升任合浦(郡名。汉置,辖今桂、粤部分地区)太守。当地不产谷实,唯沿海一带盛产珍珠。鉴于前任太守贪秽无极,珠市被迫迁移到了相邻的交阯郡(今越南,时由汉辖)。于是,孟尝决心革易前弊,力推新政,终于百姓返业,商贾流通,远离的明珠市场重又回归合浦。此公后来"被征当还。吏民攀留不得去。乃夜遁归。隐居穷泽,身自耕佣。邻邑慕其德,就栖止者百余家"。如此公仆,堪称楷模。世人遂以"合浦珠还"称颂地方官吏施政为民,业绩卓著。此典对后代影响极为深远,吴均"无因停合浦,见此去珠还",王维"明珠归合浦,应逐使臣星"及苏轼"闻道牂江(古水名)空抱珥,年来合浦自还珠",钱起"借问还珠盈合浦,何如鲤也入庭闱"诸咏,莫不典出于此。及至南宋孝宗年间,名臣洪适居官盘洲(今贵州西南),有次偶尔发现一大片长势茂密、晶莹簇聚的珍珠花,油然想起合浦明珠这一轶事,于是慨然而歌,诗以言志,口占《真珠》一绝:"细簇盘州岸,初惊合浦还。娉婷邀十斛(量器名。古以十斗为一斛,南宋末改为五斗),惜取买青山。"表示誓以十斛明珠的代价,鼎力改造眼前的荒山秃岭,换取满目苍翠的碧野翠峦,以此造福当地黎民百姓。赏花不忘草根,此官未泯良心。

珍珠花,一作真珠花。别称玉屑、喷雪花、珍珠绣线菊。另有个怪名,谓之孛娄花(吴地方言,指爆米花。宋范成大石湖集诗"捻粉团圞意,熬稃膈脶声",自注道"炒糯谷以卜,俗名孛娄,北人号糯米花",

而山东一带又称其为雪柳。此花原产中国,广布各地,为蔷薇科珍珠花属落叶灌木。春初发萌时,宜行分栽。株高可四五尺,具伸展开张之树冠。小枝多角、棱,幼时有短茸毛,枝干长大而叶如金雀,三四月开花,三五朵簇生于细梗,繁密如爆米花状,每朵瓣五出,色纯白,酷似珍珠,玉洁冰清,婀娜娇媚。一生喜作咏花诗的宋人杨巽斋,对其珍爱有加,尝作《咏真珠花》诗赞云:"累累花发映庭除,柳带榆钱总不如。一任春风吹满地,幽人步履自虚徐。"

的确,两宋文人嗜好吟花咏草的风雅之举,毫无例外表现展示于珍珠花。比如张舜民,即为其中一位突出代表。此公字芸叟,自号浮休居士,又号何斋,邠州(今陕西彬县)人。元祐初召为监察御史,累擢吏部侍郎,因反对王安石变法,遭贬。此公曾先后两度题咏《真珠花》。一曰:"风中的皪(鲜明貌)月中看,解作人间五月寒。一似汉宫梳洗了,玉珑璁(明洁貌)压翠云冠。"其二曰:"千玑万琲照庭除,细雨斜风拂座隅。莫道长安贫似磬,缘阶绕砌尽真珠。"运化入妙,摇曳多姿,令人寻味无穷。另一位神宗朝龙图阁直学士、尚书左丞许将的《真珠》一绝,同样别出新意,堪可玩赏:"薿薿圆英淡粉妆,肯随桃李媚韶光。金刀不到春风外,草密林深只自香。"

据明高濂《草花谱》称:"真珠花,有单叶者,有千叶者。"其茎皮、枝条、果穗均可入药,功能活血散瘀,消肿止痛,主治骨折、跌打损伤、关节扭伤、红肿疼痛及风湿性关节炎诸症。可见此花不负嘉名,堪比珍珠。

# 杜蘅花染马蹄香

《红楼梦》第三十七回描写贾府众女在秋爽斋"偶结海棠社"时，纷纷争起富有诗意的别号。其中李纨为薛宝钗"早已想了个好的"，"封她为蘅芜君"。显然，此因其寄居在蘅芜苑之故。其实，早在该书"大观园试才题对额"一回中，宝玉就曾在"一株花木也无，只见许多异草"之处，当众指认花草，埋有伏笔："这些之中也有藤萝薜荔，那香的是杜若蘅芜。"所谓"蘅芜"，亦即唐人徐夤"文通毫管醒来异，武帝蘅芜觉石香"所咏之"蘅芜"，当是杜蘅与蘼芜两种香草的合称。蘼芜便是芎藭，又称江离。至于何谓杜蘅，就不得不提及历史上一段纷争公案。

鉴于《本草经》、《芳草谱》双双认为："杜若一名杜蘅。"宋人罗愿坚持异议："杜若亦有杜蘅之名，草木所以难言者，以其名实相乱，每每如此。"陈溟子力挺其说："杜若一名杜莲，一名山姜"，"以杜蘅乱之，非"。倒是苏颂潜心沉气，对其作了番详细考察："春初于宿根上生苗，叶似马蹄状，高二三寸。茎如麦蒿粗细，每窠上有五七叶或八九叶，别无枝蔓；又于茎叶间隙内芦头上贴地生紫花，其花似见不见，暗结实如豆大，窠内有碎子，似天仙子。苗叶俱青，经霜即枯。其根成空，有似饭帚。"此说恰与《尔雅》、《唐本草》所记"杜蘅叶如葵，形如马蹄，俗呼为马蹄香"相吻合。而若据此对照"苗似山姜，花黄如穗"的杜若，显然形态各异，实非一草。揆之宝玉"杜若蘅芜"之说，既将杜若、杜蘅与蘼芜三者相提并称，自亦明示杜若、杜蘅各为一物。由此足证，曹公雪芹何等学养博洽，才识过人。当然，时至今日,人们早已形成共识:凡先人所称"蘅"、"衡"或"杜蘅"者,如曹植《洛神赋》"步蘅薄而流芳"之"蘅",乃马兜铃科细辛属的杜蘅;而称"杜"、"若"或"杜若"者,如屈原"采芳洲兮杜若"之"杜若",则为蘘荷科山姜属的高良姜。

令人称奇的是,杜蘅尚有别名曰"槐"。《大戴礼记·劝学》篇尝云:"蓬生麻中,不扶自直。兰氏之根,槐氏之苞,渐之滫(溲)夫,君子不近,庶人不服。"这里所说的"槐",非指槐木之槐,而亦作"怀"或"蘹"。南宋谏议大夫洪刍所著《香谱》,列有"蘹香"专条:"杜衡也,叶似葵,形如马蹄,俗呼为马蹄香。道家服令人身香。"齐朝卞敬宗《怀香赞》亦道:"有卉唯翠,因质制名。濛濛绿叶,茌苒弱茎。寄芬微风,寓看闲庭。怀而芳之,为玩于情。"就连名列竹林七贤的嵇康也自述"以太簇之月,登历山之阳,仰眺崇岗,俯察幽坂"而"亲睹怀香,曾见斯草",从而挥毫写就了名作《怀香赋》。杜蘅正是以其自身魅力,成为历朝名流精英寄寓感情的理想载体。纵览《楚辞》、《汉赋》各章,无论屈原的《离骚》、《九歌》、《九章》,东方朔的《七谏》,刘向的《九叹》,王逸的《九思》,还是司马相如的《上林赋》、《子虚赋》,莫不将其赞美到了极致。

《山海经》以其一以贯之的神秘手法,描写杜蘅:"天帝山有草,其状如葵,其臭如蘼芜","可以走马,食之已瘿"。道是马吃了可健步如飞,人服之能治疗肿瘤。此说倒非全是无稽之谈,恰可印证赵其光《本草求原》称其"散头目风寒、下气行水、止咳消痰、破血、杀虫、治瘿瘤"之说。

# 蒲花似烛遍泽洲

晋代潘岳《西征赋》有句:"野蒲变而成脯,苑鹿化而为马。"清吴景旭《历代诗话》释道:"赵高欲为乱,恐群臣不听。乃先设验,以蒲为脯,以鹿为马,献于二世。群臣言蒲言鹿者,皆阴诛之。"那是秦始皇驾崩后,宦官赵高矫旨赐长子扶苏死,立二世,自为丞相。旋又阴图篡逆,将蒲与鹿同献二世,诡称肉脯与马,以此试探百官。若有说真话者,一律秘密处死。考之崔豹《古今注》,确实明载:"秦相赵高,指鹿为马,束蒲为脯,二世不觉。"然司马迁《史记·秦始皇本纪》仅道:"赵高……乃先设验,持鹿献于二世,曰:'马也。'二世笑曰:'丞相误矣,谓鹿为马。'问左右,左右或默,或言马以阿顺赵高。"于是后人但知指鹿之说,而不明为脯一事。

太史公一时语焉不详,使蒲屈而不彰,错失了扬名天下的良机。不过,机遇有的是。《汉书·路温舒传》载:"路温舒字长君,钜鹿东里人也。父……使温舒牧羊,温舒取泽中蒲,截以为牒,编用写书。"世遂以"截蒲为牒"专指勤奋苦学。骆宾王"蟋蟀凄吟,映素雪于书帐;莎鸡振羽,截碧蒲于翰池",江总"编柳成简,题蒲就业",任昉"集萤映雪,编蒲缉柳",庾信"子云犹汗简,温舒正削蒲"之说,俱指此典。于是,蒲名不胫而走。及至《后汉书·刘宽传》,另道:刘宽"典历三郡,温仁

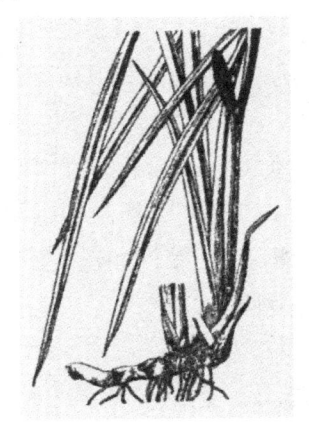

香蒲

多恕……未尝疾言遽色","吏人有过，但用蒲鞭罚之，示辱而已，终不加苦"。又《南史·崔景真传》云，景真"位平昌太守，有惠政，常悬一蒲鞭而未尝用"。一个温厚仁慈，对下属犯错只用蒲鞭处罚，使其知耻即罢；另一个更是连蒲鞭也不肯轻用，只是象征性展示而已。"蒲鞭示辱"便成了仁政代号。苏轼"顾我迂愚分竹使，与君谈笑用蒲鞭"，陆游"政成蒲鞭亦不用，地上钱流仓粟红"，高启"我本野人偶叨禄，向汝未忍施鞭蒲"专咏其意。至此，蒲声誉日隆，为世瞩目。

蒲，又名香蒲。为香蒲科香蒲属多年生水生或湿生草本，株高三四尺至八九尺，茎粗壮，不分枝，叶剑形，花生茎上，密集如烛，恰如苏颂所称："至夏抽梗于丛叶中，花抱梗端如武士棒杵，故俚俗谓之蒲槌。"其叶似莞而扁，有脊而柔，人多用以编织蒲席蒲扇蒲包蒲篓蒲垫蒲团蒲鞋之类。《九怀·尊嘉》"抽蒲兮陈坐"、《史记·索隐》"蒲为草之美者，故礼有蒲壁"，所言即指蒲编制品。史载唐人李密幼时家贫，放牛维生，常将《汉书》放入蒲篮挂在牛角，边行边读，后果成就不凡。其蒲初生，名曰蒲笋，口感甘脆可生食，浸酒后更"食之大美"，堪称佳蔬美肴。《小雅·韩奕》"其蔌维何？维笋与蒲"，即此谓也；其花之毛茸，谓之蒲绒，宜作枕被填充物；花之蕊屑，细若金粉，称为蒲黄，良可入药。蒲既如此用途广泛，自然早就人工栽植。唐陆龟蒙即赋有《种蒲》一诗传世："杜若溪边手自栽，旋抽烟剑碧参差。何时织得孤帆去，悬向秋风访所思。"

历代文人墨客甚多咏蒲之作。如南朝谢朓的"蒲生广湖边，托身洪波侧"，唐杜甫的"细柳新蒲为谁绿"，宋王安石的"蒲叶清浅水，杏花和暖风"，都为此中佳句。古诗《孔雀东南飞》"君当作盘石，妾当作蒲苇；蒲苇韧如丝，盘石无转移"，尤借蒲叶柔韧之性，象征男女忠贞爱情。

# 翠藻蔓长孔雀尾

"翠藻蔓长孔雀尾",此为唐白乐天咏藻妙句。诗圣杜甫亦有"北风起寒文,弱藻舒翠缕"之咏;而"新诗才上卷,已得满城传"的吴郡(今苏州)才俊张籍,另以"藻密行舟涩"之吟,活画过藻的生存环境。不过,咏藻之作,最早还得首推《诗经》。其《小雅·鱼藻》一章:"鱼在在藻,有颁(大头貌)其首"、"鱼在在藻,有莘(长貌)其尾"、"鱼在在藻,依于其蒲",描绘鱼在水中依藻而乐,极为生动传神。而《召南·采蘋》的"于以采藻,于彼行潦",《鲁颂·泮水》的"思乐泮水,薄采其藻",则无不折射出先民采藻劳作的频繁与辛劳。原来,古人捞取藻叶及嫩根淘洗干净后,煮熟去除腥味,用以做菜做羹,或糁和米面聊充主食。

藻,被人认为此乃"水草之有文者,因洁净如藻浴者,故谓之藻"。历代文人雅士对其推崇备至,如唐郭元超《水藻赋》,盛赞其"生不择所,长亦无丛;不资润于微露,不惧威于劲风,纤茎璀璀,密叶茸茸;乘流则游,遇坻则植;柔而能全,弱而能直;其为隐也,不居高而处卑;其为谦也,常韬光而晦色",明李东阳亦誉其"气孕天秀,根含地灵,内秉柔质,外敷素英"。正因此故,品行曰藻行,才思曰藻思,文辞藻采则美称文藻。按宋人陆佃《埤雅》之说,"藻出乎水下而不能出水之上"。罗愿《尔雅翼》亦云:"藻,水草也,生水底,横陈于水,若自藻濯然。若流水之中,随波衍漾,茎叶条畅,尤为可喜,故采藻于行潦也。"据李时珍《本草纲目》厘定,凡古籍经书所引述的藻类大致有两种:"叶长二三寸,两两对生,即马藻也";另一种为"聚藻",

"叶细如丝及鱼鳃状,节节连生"。别称水蕴,俗云鳃草,又名牛尾蕴。近代学者认为,古人所说的水藻,很有可能是指今多年沉水草本金鱼藻。此藻茎柔叶细,随处池沼可见。由于形体秀美,人多将其移植于鱼缸或人工水池中,配养金鱼,以供赏玩。

因藻生于水,前人笃信其有避火消灾的特异功能。数千年来,上至皇宫、庙殿,下至民宅、祠堂,都会在屋梁正中交木而成方形凹面并雕绘藻纹,用以"禳火"。这种特殊装饰,即曰"藻井"。东汉应劭《风俗通》尝载:"今殿作藻井……藻,水中之物,取以压火灾也。"《西京赋》、《鲁灵光殿赋》也分别记有"蒂倒茄(此指荷茎)于藻井,披红葩之狎猎(参差重叠貌)","圜渊方井反植荷藻"等句,足证藻井汉即问世,两晋南北朝则已相当普遍。而揆之孔子《论语》与司马光《训俭示康》一文,分别抨击春秋鲁国大夫"臧文仲居蔡,山节藻棁"、齐相管仲因奢华而"镂簋、朱纮、山节、藻棁",所谓"藻棁",乃指画着藻饰的梁上短柱。可见,此类"藻棁"风尚,为时当更久远。

藻,曾是先人祭祀宗庙之必备祭品。魏人刘桢"采之荐宗庙,可以羞(进献)嘉客"之吟,即指此俗。另据《书经·益稷篇》载:"日月星辰山龙华虫之会,宗彝藻火粉米黼(斧形)黻(亚形)缔绣",古俗盛行绣藻于衣。尤其凡三品以上大吏乃至天子之朝服,更必绣之藻饰,以示廉洁。以清代皇帝衮服、朝袍、龙袍这三种礼服袍为例,必绣以藻,与日、月、星、山、黼、黻及云龙等组成所谓"十二章",以示最高权力象征。这正是:英雄莫问出处,沉浮但看水藻。

# 萍花隙处鱼唼影

明赤心子《绣谷春容》载道，南宋受业朱熹之门的杨复客居京城，家境甚贫，遂差童子去后湖打捞浮萍饲养幼猪。孰料迭遭湖边显宦人家行凶驱逐，杨公赋诗叹曰："太平门外后湖边，不是君家祖上田。一点浮萍容不得，如何肚里好撑船？"一时广为传诵，舆论哗然。倒是同代文同《可笑口号》咏来轻松谐趣，令人莞尔："可笑庭前小儿女，栽盆贮水种浮萍。不知何处闻人说，一夜一根生七茎。"

浮萍，分青、紫二种，浮萍科一年生水生草本。叶扁平，椭圆或倒卵形，面绿背紫或两面皆绿，叶下生须根，夏开白色小花。令人惊讶的是，古人竟众口铄金，咬定其乃柳絮入水所变。就连一代文豪苏东坡，竟也未能免俗："为问何如插杨柳，明年飞絮作浮萍。"并言之凿凿："旧说杨花入水为浮萍，验之信然。"这尚不够，又在《水龙吟·次韵章质夫杨花词》中宣称："晓来雨过，遗踪何在？一池萍碎。"一生力主抗金的辛弃疾，其《满庭芳》词亦云："唯有杨花飞絮，依旧是萍满方池。"怪不得金代邢安国见杨花飞逝出奇淡定，"陂塘回首浮萍满，依旧春风摆翠条"；高廷玉《柳絮》同样笃信，"和风三径雪，微雨一池萍"；元宋无甚是感叹，"莫怨身轻薄，前生是柳花"；顾进道亦一脸轻松，"杨白花开风满天，花开成絮不成绵。不知落向西湖水，化作浮萍个个圆"。明清文人，犹袭此风。如刘师邵咏萍"莫怪狂踪易漂泊，前身不合是杨花"，宋乐咏柳絮"不如飞絮随流水，化作浮萍个个圆"，周京咏杨花"残红同尽无消息，又化浮萍上钓船"。

当然，有人并不轻信这些无稽之谈，只是对其"停不安处，行不定轨"深表关注。魏文帝曹丕就曾叹惜其"寄身清波,随风靡顷";晋夏侯湛盛赞其"散园叶以舒形,发翠绿以含缥"之余,犹忧其"浮轻善移,势危易荡";南齐刘绘尝以"可怜池内萍,氤氲紫复青。巧随浪开合,能逐水低平。微根无所缀,细叶讵须茎。漂泊终难测,留连如有情"之咏,向其聊表爱怜与忧悯。而宋谦夫有感于"苦无根蒂逐波流,风约才稀雨复稠",扬言"旧说杨花能变化,是他种子已轻浮",借讥纨绔子弟力透纸背,入木三分。另一位唐代高士刘商,进士及第后无意做官,尝赋《醉后》诗云:"清月秋风老此身,一瓢长醉任家贫。醒来还爱浮萍身,漂寄官河不是人。"定力如磐,逍遥自在。至于被迫远嫁突厥的北周赵王宇文招之女千金公主,因哀邦国覆灭,宗族尽戮,仅在屏风上题写了"盛衰等朝露,世道若浮萍"之句,终被篡北周自立的隋文帝杨坚设计诛杀,说来令人愀然动容。当然,南宋名相文天祥"山河破碎风飘絮,身世浮沉雨打萍"之吟,则更使闻者潸然泪下,悲不能禁。

  魏人杜恕《笃论》尝言:"夫萍与菱之浮,相似也。菱植根,萍随波,是以尧舜叹巧言乱德,仲尼恶紫之夺朱。"抑萍扬菱,情偏语激。远不及唐陆龟蒙深中肯綮:"晚来风约半池明,重叠侵沙绿蔺成。不用临池更相笑,最无根蒂是浮名。"诚哉斯言,何必笑萍?人之浮名,实更可笑。再者,正如黄庭坚所咏,"水流如激箭,人生像浮萍",人之漂泊浮沉,岂非俨然似萍?但听宋僧契嵩偈语"莫谓此身无定迹,人生都类一浮萍",何等禅意机锋,寄慨遥深!

# 挂兰垂发簪新花

元代金陵（今南京）文士谢宗可赋有《咏物诗百首》，一般明清两代讲究所谓"格调"的诗家多贬元诗过于纤弱；而这位约于元明宗至顺初前后在世的谢公之作，更被某些评家视为"纤"之尤者。其实，此论并不尽然。请看其《挂兰》一诗："江浦烟丛围草莱，灵根从此谢栽培。移将楚畹（《章句》："十二亩曰畹。"《说文》则认为，一畹为三十亩。楚畹，泛指楚地兰畹。屈原《离骚》："余既滋兰之九畹兮，又树蕙之百亩。"）千年恨，付与东君一缕开。湘女（湘水女神，或称湘夫人）久无尘土梦，灵均（屈原《离骚》："皇览揆余初度兮，肇锡余以嘉名；名余曰正则兮，字余曰灵均。"可知"灵均"乃屈原之字）旧是栋梁材。午窗试读《离骚》罢，却怪幽香天上来。"此诗将挂兰与兰花玉成佳侣而藉物抒情，既凭借挂兰追思屈原的高风亮节与特立独行，同时迸发出诗人自己的愤世嫉俗及忧国虑民，自非那些歌舞升平粉饰现实之作可比。纵然笔法纤秀，毕竟有感而发，令人回味不尽。恰与近人王巨农所咏《吊兰》一诗颇为默契："平生无意炫芳华，叶叶悬茎挂绿芽。一卷离骚听读罢，助吟新着两三花。"

挂兰，又名吊兰，亦称雕兰。属百合科吊兰属多年生常绿宿根草本，叶丛生，形似兰，色葱翠，中抽细长下垂的柔韧枝条，其上复生叶丛即气生根，重又再抽枝条，如此绵延不断。七月着花，色白，朵小。顾名思义，此卉宜置盆挂于高处，嫩绿的叶片飘逸纷披，葳蕤四垂，泼绿浮翠，如瀑似涛。尤以匍匐状的茎端丛生幼芽，犹如礼花四迸，雅致可爱。置此盆玩，供于案头，堪称无声之诗、立体之画。诗人们更是因其有水能生,无土可活;有志付出,无心索取,着实宠之不已。如秦格赏云"寒闺淡雅静无瑕,秀发披肩著新葩。不与群芳争寸土,一掬清水献风华",陈衡亦云"羞随流俗竞芬芳,体态轻盈翠带长。定是人间无净土,凌空早沐暖朝阳",贾银富则云"舒枝垂叶别有天,迎风起舞荡秋千。身居高处怀乡土,俯首相望情意牵"。更多的则是对其身踞高位、心恋低层敬钦有加,题咏不绝。如周砥中道"身居高位却低垂,枝叶相衔逐地飞。一派绿波倾泻下,蓬蓬生气挟风雷",羊牧之道"决意下垂不想还,连根带叶一环环。居然博得人间爱,何曾抬头向上攀",舒徐亦道"细叶柔枝挂小楼,着花未必逞风流。难能独具垂青眼,不忘时常望下头"。

吊兰常见变种有金边吊兰、金心吊兰、宽叶吊兰诸种。另有一种荷兰吊兰,白底翠条,竟体芳洁,小花纯白,煞是可观。沪上杜兰亭尝填《临江仙》赞曰:"弱质远游千万里,凌波风露衣单。素云一朵月中看,盈盈娇欲语,葳蕤翠眉弯。　姹紫嫣红开已遍。满城春色斑斓。沉香亭北有阑干,不随妃子倚,来共琐窗寒。"

"我本蒲柳质,迥非王者香。从无攀附意,绿化任悬梁。"若问此卉最先诞生何处,坊间认定来自南非。然翻检古籍,明高濂《遵生八笺·四时花记》之"挂兰二种"条下赫然有记,其"产浙之温州天台山中,岩壑深处悬根而生。故人取之以竹为络,挂之树底,不土而生。花微黄,肖兰而细,不可缺水,时当取下,浸湿又挂,亦奇种也。闽粤一种红花、黄边、粉心者,美甚"。足见源于外邦之说,显然尚难令人信服。

# 仙人掌上花正盛

中唐"少年为诗,意浮艳,多陷轻薄;晚节忽变常体,风骨凛然"的崔颢,有次行经华阴,遥见华山群峰如洗,犹如"巨灵手劈",尤其是"仙掌如形,莹然在目"的最峭峰"仙人掌",一片青翠,隐而又显。于是披襟高吟:"岧峣太华(即西岳华山)俯咸京(都城长安),天外三峰(此指芙蓉、玉女、明星三峰)削不成。武帝祠前云欲散,仙人掌上雨初晴。"如果说,此"仙人掌"仅是巧借芳名的话,那么,另一位被柳公权评为"能极著述,克备比兴"的盛唐麟台正字陈子昂之邂逅奇遇,则纯属货真价实之仙人掌了。

据陈公自述:"丙戌(武则天垂拱二年,即686年)岁,余从左补阙乔公北征。夏四月,军幕舍于张掖河,河洲草木无他异者。唯有仙人杖往往丛生,幽朔地寒,与中国(指中原)颇异。"震惊之余,赞曰:"悬之千金价,举世莫知真。丹青拜异色,轻重有殊论。"这里所说的"仙人杖",经大唐名医陈藏器考证,在《本草拾遗》一书中确认,正是仙人掌庞大家族中的一个分支。仙人掌,为仙人掌科多年生灌丛状肉质植物,其种类繁多,形态各异,如扁平者为仙人掌,根状者为仙人柱,圆形者为仙人球,层叠者为仙人山,细长者为仙人杖或仙人鞭,如此等等,不一而足。然无论何种,俱以株形奇特、姿态怪诞而夺人眼球。

仙人掌

对于仙人掌，清花卉大家陈淏子在其名著《花镜》中有过一番细致描述："仙人掌出自闽、粤，非草非木，亦非果蔬；无枝无叶，又并无花。土中突发一片，与手掌无异。其肤色青绿，光润可观。掌上生米色细点，每年只生一叶于顶，今岁长在左，来岁长在右，累累而上。"然据实而论，其说颇有失真之处。比如称其"无枝无叶"，殊不知其主体实即是茎，而刺乃退化之叶。至于所谓"无花"、"非果"，更是有失偏颇。仙人掌极易开花，且颇饶风致。请听乾隆进士李调元之咏："应是巨灵仙，遗得拓山手。捧出太华莲，长献西王母。"近人李贞白亦曾诗赞此花："仙人掌上花，丽色莫与抗。青黄鲜且妍，挺立无依傍。"至于果实，恰如龚光戎所咏："无叶无枝称异草，有花有果亦堪奇。"其浆果外形别致，堪可观赏，又富含营养。更有趣的是，掌状的茎片经过腌制，尚是可口的佳蔬美肴。早在嘉靖年间，有乐典二百六十余卷问世的黄佐，就在其《仙人掌赋并序》中宣称："仙人掌者，奇草也。煨食可补诸虚，久服轻身延年。"《本草求原》也指出，其茎、花、果俱可入药。"煎肉食，止吐血。"据现代医学研究证实，常食仙人掌，其纤维质确可有效防止人体内积累过多的胆固醇与脂肪，有助于抑制糖尿病、动脉硬化、肥胖病与结肠病。而其茎叶所含活性成分更具明显抗癌作用，尤对肺癌防治效果显著。令人称道者，仙人掌还善于夜间吸收二氧化碳，待至白天进行光合作用，堪称净化空气、美化环境的赳赳卫士。

鲜为人知的是，墨西哥的阿兹特克、惠乔尔族人为了产生一种宗教上的昏迷状态或出现幻觉，经常食用一种名为"皮约特"的仙人掌或"麦斯克尔果"仙人掌果，以求获得飘飘欲仙的特殊感受。美国一些地方的印第安人也有咀嚼此类仙人掌杆的宗教仪式，从而使自己沉浸于来自精神状态的幻象和迷离的情绪之中，追求所谓降神附体或类似灵魂出窍的致幻效果。

# 草无丽色竟含羞

百花园中有一种豆科小草,堪与人抚其身、彻顶动摇的"怕痒树"紫薇相媲美。此草长不逾尺,叶如鸟羽,淡红小花煞是好看。只要略受触动,细叶迅即闭合,叶柄亦随之悄然低垂,一副怕痒怯弱、楚楚动人之态,赢得了人们普遍的好感与怜惜,赠其名曰:"含羞草。"

含羞草因何含羞,自是善于遐想的诗人墨客津津乐道之题。比如熊鉴就曾大惑不解:"问君何故屡低头,指到身边叶便收。不向游人投媚眼,岂有他事可含羞?"熊汉川也满腹狐疑:"红绒翠羽笑悠悠,一指芳枝即敛收。默默含羞魂欲断,问君知否此缘由?"王继杰则试探其奥:"自惭不敢与花俦,一遇搔挑即添愁。人爱虚荣谁觉耻,草无丽色竟含羞。"张至诚亦连声附和:"貌不惊人色不香,虽非丽质性刚强。含羞只为知廉耻,岂学娇花惹蝶狂。"甚至另有好事者暗作猜度:"谁怜盆里草,一触即低头。好似芳龄女,怀春又怕羞","谁谓草无情,含羞甚自尊。牛郎轻戏弄,低手敛衣裙"。

所谓"羞",据《说文·丑部》释曰,原意为进献。后方渐次演化为羞涩之意。《论语》尝云:"有耻及格","行已有耻"。知羞方知耻,明耻近乎勇。因之,虽然含羞草之"知羞",仅是一种特殊的"液压"现象:其小叶和叶柄着生处,恰如人之手脚关节,略微膨大。而此处细胞充满液体,一经触及,迅即流向别处而造成缩皱,遂使小叶陡然起立,叶柄着生处则恰好相反。于是,上演了人所习见的"含羞"一幕。在科学家眼中,此种特性其实不外乎是一种特殊自我保护方法,不仅能及时应付狂风骤雨突然袭击,亦可无声警告一切不怀好意蠢蠢来犯的不速之客。然尽管如此，或许有感于这个世界不知人间有"羞耻"二字之流，实在不乏其人。故人们依然将其引为知音，赞誉有加。如陈毅诗云："有草名含羞，人岂能无耻？鲁连不帝秦，田横刎剑死。"廖思和也由衷赞道："篱外幽居岁月稠，被人触醒自含羞。风摧雨劫经磨炼，幸得余生品尚优。"沪上百岁女画家顾飞生前更曾感而有吟："浩荡诗魂不可收，名家从不合时流。忘忧花放忘忧未，草有含羞可识羞。"

含羞草原产南美洲，清嘉庆年间翰林侍讲胡敬所著《同朝院画录》，尝引《乾隆癸酉御题知时草序》："西洋有草，名僧见底斡，译汉义为知时也，其贡使携种以至，历夏秋而荣，在京西洋诸臣因以进焉。以手抚之则眠，愈刻而起，花叶皆然。""僧见底斡"为意大利语之音译，其音与直译为敏感草的英文名称颇为近似，可证此草便是含羞草。然今有专家据此推论，认为含羞草于乾隆时移居中国，看来结论太过草率。何克谏著于康熙五十年（1711）的《生草药性备要》赫然有记："怕羞草风、手擘之则闭。"白纸黑字，足资稽考。

有人戏言，人生在世，五种花草不可为：浑身带刺的仙人掌、随风摇摆的墙头草（即紫罗兰。其性喜高阜墙头，种则易茂）、忍气吞声的鸡冠花、专拍马屁的狗尾草，还有就是爱对上司撒娇的含羞草。当然，此乃对世俗乱象的一种调侃而已。倒是湘西怪才黄永玉《芥菜居札记》所载寓言："人购含羞草，每客来触而演之。客来频，草劳累死。"委实警策动人，余味隽永，尤对当今浮躁尘世那些肆意炒作过度消费天然山水或传统遗产竭泽而渔者，无异当头一大棒喝！

# 蕉家美人秀红妆

近人戴月《美人蕉》一诗道："谁家碧玉出兰房？屋角清阴别有香。绿叶徐摇娇掩袖，红花初绽艳凝妆。当窗妩媚窥人笑，立雨娉婷夜雨长。复鹿隍中（此指《列子》所载"蕉鹿梦"之典）原是梦，不教词客说轻狂。"其诗妙在对所咏主体不着一字，却句句聚焦此花，以花喻人，正喻夹写，句中传神，句外余味。

美人蕉，又名昙华、兰蕉、大花美人蕉，为美人蕉科美人蕉属多年生草本花卉。其茎高者三四尺，矮者仅尺许；株型挺拔，枝干丛生，叶似芭蕉，有翠绿与深紫两色，多被蜡质白粉；夏季由茎内抽出花梗，自下而上次第开放，花单生或成对，持续不断，直至深秋。南国更能四时皆开，经年不谢。花形似蝴蝶，有淡红、大红、橘红、紫红、娇黄、乳白或洒金多种。然以红色为最常见，鲜红照眼，色艳凝丹。故唐宋以前，美人蕉又通称"红蕉"。恰如前人庄大中诗云："照眼花明小院幽，最宜红上美人头。无情有态缘何事，也倚新妆弄晚秋。"若于花期采收此花，其性味苦，寒，具收敛、止血、解毒功效，可用以治疗创伤出血、崩漏、痈肿等症。

已故园艺大家周瘦鹃尝言："芭蕉湛然一碧，当得上一个清字，可清而不艳，未免美中不足；清而艳兼而有之的，那要推它同族中的美人蕉。"难怪袁尚之《枫窗小牍》即载，当年风流天子宋徽宗倾全国之力，征花石纲，建寿山艮岳，名花臻集，奇葩纷呈，而"广中美人蕉"自是首选佳卉。惜"此花大都不能过霜节，唯郑皇后宅中鲜茂倍常，盆盎溢坐，不独过冬，更能作花"。或许流风所及，历代文人雅士们都对其宠爱有加,题咏不绝。如唐韩偓赋曰:"在物无双,于清可溺;横波映红脸之艳,含贝发朱唇之色。"推崇备之,无以复加。北宋宋祁亦盛赞其"蕉无中干,花产叶间,绿叶外敷,绛质凝殷"。至于诗篇词章,更是佳作如潮。如柳宗元《红蕉》诗道,"晚英值穷节,绿润含朱光。以兹正阳色,窈窕凌清霜。远扬世所重,旅人心独伤。回晖眺林际,摵摵无遗芳",以秋林之凋落反衬其花"值穷节"、"凌清霜",同时也表露了自己的"独伤"情怀。徐凝所咏之"红蕉曾到岭南看,较小芭蕉几一般。差是斜刀卷红绢,卷来开去叶中安",不仅印证了此花原产印度与南美,率先从闽粤一带传入华夏大地;并显示了唐人早从形态上,获知红蕉与芭蕉之间的亲缘关系。而明无名氏的"芭蕉叶叶扬瑶空,丹萼高攀映日红。一似美人春睡起,绛唇翠袖舞东风",则以蕉叶巧比佳丽翠袖,想象丰富,妙肖动人。李绅的"红蕉花样炎方炽,瘴水溪边色最深。叶满丛深殷如火,不唯烧眼更烧身",更是炽烈似火,豪情奔放。此外,朱熹"弱植不自持,芳根为谁好?虽微九秋干,丹心中自保"、唐寅"大叶偏鸣雨,芳心又展风。爱他新绿好,上我小庭中"之咏,亦都脍炙人口,广被传诵。

《闽部疏》作者尝称:"余以盛冬入福州,芭蕉叶无凋者,廨中美人蕉缬红鲜甚。"也许正因多呈殷红之色,故唐段成式《酉阳杂俎》发布了一条奇异信息:"南中红蕉花时,有红蝙蝠集花中。"渔洋山人王士禛深信其说,特赋诗道:"玉宇微凉八月中,林塘香散木樨风。绿天深处一花坼。蝙蝠飞来相映红。"当然,纯是空穴来风,神乎其词而已。

# 一生低首紫罗兰

"一生低首紫罗兰",句出苏州前贤、园艺大家周瘦鹃挚友秦伯未之手。周公深爱其诗,遂以此为题,一连和了三绝:"幽葩叶底常遮掩,不逞芳姿俗眼看。我爱此花最孤洁,一生低首紫罗兰";"艳阳三月齐舒蕊,叶馥含芳却胜檀。我爱此花香静远,一生低首紫罗兰";"开残篱菊秋将老,独殿群芳密密攒。我爱此花能耐冷,一生低首紫罗兰"。钟爱之心,溢于言表;借花寓意,情深入骨。

爱花成癖的周公如此钟情紫罗兰,说来自有原委。据其生前自述:"我之与紫罗兰,不用讳言,自有一段影事,刻骨倾心,达四十余年之久。"原来,当其风华正茂之际,得以与务本女校英文学名"紫罗兰"的女生周吟萍自由恋爱,花前传情,月下寄意,郎才女貌,山盟海誓,却终囿于门第等诸多因素遭遇女方家长反对而被迫告终。于是,此公"生平于花中,独爱紫罗兰",不仅将所编杂志分别命名为《紫罗兰》、《紫罗花片》,小品集起名为《紫兰芽》、《紫兰小谱》,当抗战爆发之际,因深憾国事日非,文墨不济于世,性情颇为颓唐而返回故乡定居时,亦不忘将以十年卖文余蓄所建园居题名"紫兰小筑",将书房定名"紫罗兰庵",并在园落一隅叠石为台,称之"紫兰台",日夕盘桓其间,清操自守,品茗赏花,谈诗论词,怡然自得。所赋《如梦令》,即为其时心情写照:"一阵紫兰香过,似出伊人襟左。恐被蝶儿知,不许春风远播。无那,无那,兜入罗衾同卧。"所叹毕生如此热爱自然、与世无争的古稀老人,身逢乱世,含冤罹难,直教花叶失色、草木滴泪。

紫罗兰别名草桂花,原产南欧地中海沿岸,为十字花科紫罗兰属多年生草本。其株高四五尺，茎直立；叶互生，似蝴蝶草而更阔嫩；花簇生于茎顶或叶腋，依品种不同，春、夏、秋三季均可一展芳容，然以三至五月所开最盛。花梗粗壮，花瓣亦类蝴蝶花，大而起蕚，分单瓣或重瓣，黄心绿萼，呈淡紫、淡白、淡黄或紫红诸色，艳丽夺目，芳香袭人。因其性喜高阜墙头，种则易茂，故又俗称墙头草。此花向被视做春回大地的象征，花朵与叶片互相映衬，分外雅致。除了观赏，尚可提取香料，制作香水或香皂，堪称美眉娇娃的必备宠物。

据徐珂《清稗类钞》载，咸丰年间，仁和茂才高镜仁曾于李应辰园中见到紫罗兰"每棵叶数片，疏落可爱，抽花一箭，其状极似兰"，云云。可知其时花尚罕见，自然鲜有吟咏。时至近世，渐多有闻。如江麟《紫罗兰》诗云："娇羞万状羡风华，四季咸宜异国花。玉琢金雕无比艳，云裁锦织未堪夸。轻移舞步情无限，款摆蛮腰兴自赊。却笑牡丹贪富贵，可怜长住帝王家。"钟树梁亦有《高阳台》词赞曰："红紫纷呈，芳香远溢，南风忽睹娇姿。欧土仙姝，移根东国迟迟。琼英一束求佳偶，爱德华、捧献西施（此指辛浦森夫人）。最情真，宁弃江山，必结萝丝。　拿皇（即拿破仑）已逝留钿合，藏干枯两朵（此指遗赠皇后约瑟芬的定情之花），相倚不离。人世多乖，何如兰叶葳蕤。披钟绿羽扶殊丽，擘吟笺、为写新词。慨千秋，天下名花，同系情痴。"据希腊神话称，司爱女神维纳斯因其爱人远行，离别时泪滴泥土，竟于来春生成此花。故西方人士常将其作为爱情信物，倍加珍惜，极为推崇。

# 蜀葵花开一丈红

《西野杂记》尝载,明宪宗成化甲午年间,占城使臣(占城,古国名,在今越南。一说为倭国使节)来华进贡,见栏前有奇花不识。经询问,知是蜀葵,便当场题诗一首:"花于木槿浑相似,叶比芙蓉(指拒霜花)只一般。五尺栏杆遮不尽,独留一半与人看。"亏他了得,仅用寥寥二十八字,便对其花态叶状株形,摹写入微,刻画出神。

蜀葵,李时珍《本草纲目》对其描述道:"处处人家植之。春初种子,冬月宿根亦自生。苗嫩时亦可茹食,叶似葵菜而大,亦似丝瓜叶,有歧叉。过小满后茎高五六尺,花似木槿而大。昔人谓其疏茎密叶、翠萼艳花、金粉檀心者,颇善状之。"此花为锦葵科多年生草本,别名甚多。如因源自西蜀,而古时蜀地亦称戎蜀,故《尔雅》谓之戎葵;罗愿《尔雅翼》又据此称之胡葵,此"云胡戎也";《别录》则由此讹为吴葵;另因于端午节前后开放,人称"端午花";叶圆大似梧桐,向阳避根,故又获名"卫足葵"。宋宋祁"纤草无人爱绿葵,一生私意竟谁知。须防白日倾心处,自是中园卫足时",及金元朝祝简"榴花娇欲斗罗裙,石竹开成碎缬文。更有戎葵亦堪爱,日烘红脸酒初醺",许衡"戎葵花色耀深浓,偏称修丛映短丛。绛脸有情争向日,锦苞无语细含风"等诗,不是

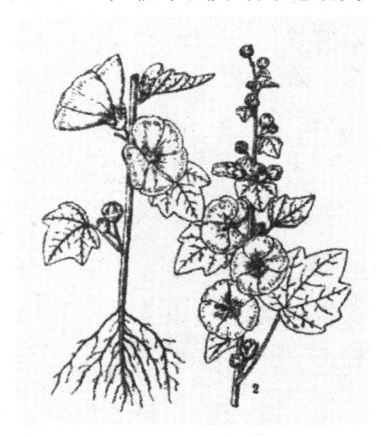

蜀葵

趣涉"卫足"特征，便是昵称此花别名。

"名花一种来西蜀，殷红夺锦光摇目。"蜀葵原产四川，花史悠久，家族庞大。清人汪灏《广群芳谱》揄扬此花"有深红、浅红、紫、白、墨紫、深浅桃红、茄子蓝数色，形有千瓣、五心重台、重叶、单叶、剪绒、锯口、细瓣、圆瓣、重瓣数种，五月繁华莫过于此"。几乎整个夏季，自下而上顺次开放，终至末梢聚成总状花序，临风卓立，烂漫芳菲；鲜艳硕大，婀娜多姿。梁代王筠曾作赋推崇其"迈众芳而秀出，冠杂卉而当闱。既扶疏而出蔓，亦灼烁而星微"，宋初与谢灵运齐名的颜延之也夸耀其"渝艳众葩，冠冕群英。类麻能直，方葵不倾"。所惜此花一日即残，花龄奇短。故唐岑参叹道："昨日一花开，今日一花开。今日花正好，昨日花已老。"并由此感喟："人生不作长少年，莫惜床头沽酒钱。请君有钱向酒家，君不见，蜀葵花？"另一位陈标亦百般扼腕怜惜："眼前无奈蜀葵何，浅紫深红数百窠。能共牡丹争几许，得人嫌处只缘多。"好在此憾并未影响诗人对其钟爱之情。唐陈陶"绿衣宛地红偪偪（色泽鲜艳貌），薰风似舞诸女郎。南邻荡子妇无赖，锦机（此用晋窦滔妻苏蕙织锦为回文之典）春夜成文章"，盛赞其枝叶婆娑，犹如女郎起舞，令人目眩神迷；而宋杨巽斋"红白青黄弄浅深，星分幢列自称阴。但疑承露矜殊色，谁识倾阳无二心"，更借其"倾阳"姿态，大表忠贞之心。至于清恽寿平"蜂蜡装成向日薰，弧根传自蜀城分。阶前漫比金钱落，独有丹青锦作文"，剪裁既妙，比喻又巧，堪为此花张目。

蜀葵与菖蒲、艾蒿等所谓端午植物功极相似，其根、茎、叶、花包括种子皆具清热祛毒、驱虫辟邪之效。尤以其花性味甘、寒，大可和血润燥，通利二便。寇宗奭亦曰："蜀葵四时红色单叶者，根阴干，治带下排脓血恶物，极验也。"另据文献记载，唐人擅以蜀葵制纸，绿润柔韧，入墨精妙，世称葵笺，名重一时。惜今不传，早成绝响。

# 素馨花发暗香飘

吾国五代时期十国之一的南汉,初称大越国,为唐末刘隐所建,历经五帝,前后计六十七年。其末代后主刘铢骄奢淫逸,穷极奢华,以建万政殿为例,一柱之饰即费白金三千锭。此厮有一怪癖,痴迷敕令宫娥每日朝露未干,就从禁苑采摘鲜花鱼贯入殿,鹄立两旁,名曰"花朝"。司花女官素馨目睹其终日沉湎花色,浑然不知国之将亡,便不顾人微言轻,屡加诤谏。只奈刘铢毫不收敛,素馨终于忧郁而殒。大宝十四年二月,南汉终被大宋一举攻灭,刘铢随即成了赵匡胤的阶下之囚。且说素馨殁后,其坐落于广州花田的墓冢长满了清香如梅素雅宜人的那悉茗花。时人为了纪念该女,特以其芳名称谓此花,名曰素馨花。南宋三次出使金国,屡"以口舌折强敌"而闻名于世的方信儒诗咏其事:"千年艳骨掩尘沙,尚有余香入野花。何以原头美人草,风前犹作舞腰斜。"理宗朝宝谟阁直学士傅伯成与另一位刘兰雪亦分别感而吟道:"昔日云鬟锁翠屏,只因烟冢伴荒城。香魂断续无人问,空有幽花独擅名","翠积花田玉露繁,幽香微度近黄昏。浪传点额宫人魄,那解侬家倩女魂"。

素馨花,别名玉芙蓉、大花茉莉,多见于南国滇桂一带,为木樨科素馨属常绿灌木,其茎高丈余,枝条纤细似茉莉,叶大类桑而微臭;花生顶端,初夏绽放,色洁白,形似郁李而香艳过之。唐段成式《酉阳杂俎》尝道,其"出拂林(亦作拂临,此指东罗马帝国),亦出波斯(今伊朗)。苗长六七尺,叶似梅叶,四时敷荣。其花五出,白色,不结籽,花若开时,遍野皆香,与岭南蒩卜香相类"。

素馨既状似茉莉，难免有人喜作比较，南宋郑刚中便道："或问茉莉素馨孰优，予曰：素馨与茉莉香比肩，但素馨叶似蔷薇而碎，枝似荼蘼而短。大率类草花，比茉莉体质闲雅不及也。"此公意犹未尽，赋诗备陈己见："茉莉夭姿如丽人，肌理细腻骨肉均。众叶蘙蘙开绿云，小蕊大花意淑贞。素馨于时亦呈新，蓄香便未甘后尘。独恨雷五虽清洁，珠玑绮縠（有皱纹之纱）终坐贫。"相对这位被秦桧迫害身亡的耿介壮士，同代端明殿学士蔡襄不计妍媸，特地赋诗向《南海李龙图求素馨含笑花》："二草曾观岭外图，开时尝与暑风俱。使君已自怜清福，分得新柔过海无。"参议官方岳也因钦其"雪骨冰肌合耐寒，怕寒却不离家山"，甘愿"老夫怀土与渠等，一镬移来得许顽"。参知政事陈与义同样对其宠爱有加："羞将姿媚随花谱，爱伴孤高上月评。独恨遇寒成弱植，色香殊不避梅兄。"有趣的是，清袁枚宰江宁时，淮北程家之媳亦即松江美女张宛玉私行脱逃，被逮庭审时，宛玉献诗云："五湖深处素馨花，误入淮西估客家。得遇江州白司马，敢将幽怨诉琵琶。"袁枚遂以"才女嫁俗商不称，故释其背逃之罪"作判，当场予以放归。

素馨亦有花色黄者，人称黄馨。成化进士杨廷和《苏武慢·咏黄素馨》，对其推崇备至："小小盆池，低低屏障，生意雨前还少。叶底疏花，花间嫩叶，雨后尘容如扫。金屑霏霏，云英灿灿，蜂蝶也来飞绕。伴诗人，坐到黄昏，明日又随清晓。　　虽未见，绰约仙姿，轻盈淑态，也是化机天巧。梅借幽香，菊分冷艳，相映满庭芳草。木槿朝荣，芙蕖夜合，不似此花常好。问诗人、何事无诗，恐被花神烦恼。"

# 红花赪色掩千卉

清乾隆进士、刑部侍郎王汝璧诗宗韩孟,堪称卓然大家。有次他在荥阳(今属河南)道中,见一群村女正在采收红蓝花,于是雅兴大发,漫赋一阕《沁园春》:"醉颊蔫红,楚楚星星,风吹欲燃。是子规血洒,烟绵芳草,红蚕茧化,纸剪荒原。赠芍(药)风流,秉(拿)苘天气,遮映轻衫杏子单。多情处,看燕支一捻,刚到愁边。知他赤线谁牵。想流水、桃花自有缘。怕洗多色淡,文绡(生丝)未染,嚼来茸细,碧唾尤娟。乍可盈襜。安能树背,一缕情丝弱命关。无聊甚,是悄头立马,送尽昏烟。"

红蓝花,其花红色,叶颇似蓝(即蓼蓝,可染色),故名。北宋苏颂《本草图经》尝云:"红蓝花,即红花也。今处处有之。人家场圃所种,冬而布(播)子于熟地,至春生苗,夏乃有花,花下作球汇。多刺,花出球上,圃人乘露采之,采已复出,至尽而罢。"又道,此花"球中结实,白颗如小豆大。其花曝干以染真红,又作燕脂。"对其花性状、特点、用途及如何种植、采收所记甚详。至于所谓燕脂,亦即王诗所咏及之燕支,又名嬿脂、胭脂、焉支。西晋崔豹《古今注》称:"燕支,叶似蓟,花似蒲公(英),出西方。土人以染,中国谓之红蓝,以染粉为妇人色。"又《古今原始》载:"以红蓝花汁凝作脂,为桃花妆。"《余氏辨林》则谓:"其花盖燕国所出,故名燕脂。"认为"今人写燕字,复加月,甚有'因'旁加月者,失其本矣。"清吴景旭亦尝考证道:"盖北方有焉支山,山多红蓝。北人采花染绯,取其英鲜者作胭脂。妇人妆作颊色,鲜明可爱。然则,燕支、焉支、胭脂、嬿脂,字皆可通用。"但看唐杜甫

"林花着雨嫌脂湿"、宋黄山谷"小桃犹学淡燕支"、明解缙"鸡冠本是胭脂染"诸咏，可证其说不谬。

晋张华《博物志》尝载："张骞得红花种于西域。"可见吾国早于西汉即已引种红花。另据《一统志》道："红花成化（明宪宗年号）以来种者多"，"鄢陵（在今河南）尤盛"。前人有诗："鄢陵红花红且香，摘来堪染舜衣裳。上方有路无人献，却向章江洗夕阳。"说起此花，不由想起常听有人称其藏红花。其实，两者在植物分类学上殊不相同。红花别称草红花、菊红花、红蓝花，为一年生双子叶菊科花卉；而藏红花又名番红花，乃单子叶鸢尾科球茎植物。两者虽皆入药，但藏红花入药部分仅为雌蕊上三裂鲜红的柱头，产量颇低，故物稀为贵，身价倍增。而红花之苗、花、果实俱可药用，产量相对很高，身价遂反较低。然经国内外七十余年临床试验证明，其疗效绝不逊于藏红花。《本草经疏》即云"红蓝花，乃行血之要药"，《本草汇言》亦道"红花，破血、行血、和血、调血之药也"。据《本草求原》载："古有徐妇产晕已死，胸膈微热。以红花数十斤煮汤，盛三桶于窗格之下，置妇其上熏之，半日乃苏。"此花活血化瘀、救死扶伤之功效，由此可见一斑。

"红花颜色掩千花，任是猩猩血未加。染出轻罗莫相贵，古人崇俭戒奢华。"这是南唐《碧云集》著者李中诗赞红花之名作。但千万别以为此花唯有红色，其家族不仅大红、粉红、猩红或深红各色纷呈，亦具雪白、乳白、淡黄、姜黄、橙黄诸多变种，灿烂绚丽，蔚为大观。

# 葱花青白香又齐

据清金埴《不下带编》载，宋代大儒朱熹某日中午突至女儿家，女儿家甚贫，匆促间只能仅以葱汤麦饭供父充饥。朱公目睹女儿愧疚之色，不假思索，吟诗安慰："葱汤麦饭两相宜，葱补丹田麦疗饥。莫笑老夫滋味淡，前村还有未炊时。"无独有偶，江西名士甘矮桉款待官迁御史的学生，亦仅聊供葱汤麦饭并赠诗一绝："葱汤麦饭暖丹田，麦饭葱汤亦可怜。试上楼头高处望，人家几户有炊烟？"其实，即便"九五之尊"朱元璋也颇推崇葱汤，尝作御诗："小葱豆腐青又白，公正廉明日月长。寅是寅来卯是卯，大明江山日月长。"当时民谣专道此事："皇帝请客四菜一汤，萝卜青菜长治久安；葱汤豆腐一青二白，太祖廉政万岁千秋。"

所谓"葱汤麦饭"，当指葱烹的汤、麦煮的饭。不过，葱之用途主要并非煮汤作羹，而是用以调味解腥。俗谚云："厨师搭浆，全靠葱姜。"难怪每逢"秋夜饥作祟"的放翁老人，由衷赞道："瓦盆麦饭伴邻翁，黄菌青蔬放筋空。一事尚非贫贱分，芼羹僭用大官葱。"所咏大官葱，即葱之一种。因古时大官们辄用其上供祭祀而名，亦称冬葱或冻葱。韩保昇《蜀本草》有记："冬葱，即冻葱也。夏衰冬盛，茎叶俱软，山南江左有之。"除了此葱，按王圻《三才图会》等称，尚有山、胡、汉、楼诸葱。"山葱生山中，细茎大叶，食之香美"，"胡葱茎叶粗硬，根若金灯"，而汉葱则"冬即叶枯，可食用入药"，至于楼葱，"江南人呼为龙角葱，荆楚间多种之"。另有一种寒葱，性极耐寒，野生于吉林辽源大寒葱顶山。功可止血散瘀，化痰止痛，自古价比人参，贵为贡品。

葱，其初生者曰葱针，叶曰葱青，衣曰葱袍，茎曰葱白，汁曰葱苒。春末开花成丛，青白色，为百合科多年生草本。鉴于"外实中空，有匆通之象"，又"色葱葱然"，故名。另因其叶、茎、根皆可食用，别号"菜伯"。《清异录》则道"葱和姜众味，若药剂必用甘草"，俗称"和事草"。葱既擅佐菜，又宜入药。《本草纲目》尝言："葱乃释家五荤之一，生辛散，熟甘温，外实中空，肺之菜也，肺病宜食之。"《名医别录》亦曰：葱"除肝中邪气，安中利五脏，杀百药毒，根治伤寒头痛"。据说患者"头闷疼痛"，若"用葱叶插入鼻中二三寸并耳道内"，则可"内气通即便清爽"。宋王璆《是斋百一选方》尝载，金创磕损，折伤出血疼痛不止者，将葱白、砂糖等量，共研成糊状，涂敷于损伤处，即可快速止痛。明李诩《戒庵老人漫笔》所录秘方神仙粥，亦以大葱白与糯米等料同煮而成，专治感冒风寒暑湿之邪。惟其如此，文人雅士向来对葱甚是眷顾青睐，时有吟咏。如谢灵运"寒葱标倩以凌阴"，曹唐"陇上沙葱叶正齐"，陈师道"已办煮饼烧油葱"，耶律楚材"匀和豌豆糁葱白"诸咏，莫不心存爱意，口噙幽香。

小小青葱自如秤，是奢是廉判分明。据宋罗大经《鹤林玉露》载，有士大夫于京师买得一妾，原为蔡京相府包子厨女厨。一日管家令其作包子，女有难色，辞以不能。主人诘问其"既是包子厨中人，何以不会作包子？"女厨答曰："妾包子厨中镂葱丝者也。"青葱作馅，专人镂丝，可知奸相蔡京何等骄奢淫逸。事后此厮充军发配，饿死潭州，真是老天有眼，报应不爽。

# 满阶苔衬落花红

中唐进士刘长卿因为官正直,屡遭诬贬,潦倒不堪。当他蛰居新安郡(今安徽歙县)时,其婿李穆拟从桐江溯新安江逆水行舟前来相见,遂于企盼中吟道:"孤舟相访至天涯,万转云山路更赊。欲扫柴门迎远客,青苔黄叶满贫家。"好个"青苔黄叶满贫家",既表明门可罗雀,颇感寂寞,为客至而喜;又相当于自谦"盘飧市远无兼味,樽酒家贫只旧醅",于称贫之中见好客之心,语妙情切,真挚动人。

青苔,又名绿苔、地钱,为苔藓类之一个纲,大多"背阳就阴,违暄处静"。初生由青晕而斑点,渐生微根叶,呈品字形,镶嵌密生,青翠微香。苔虽低微,古人却以其喻德之深,时有吟诵。早在南北朝,江淹、萧纲、沈约、庾肩吾等一批辞赋大家即多宠以诗赋。至唐,尤名士争咏,佳篇迭出。"返景入深林,复照青苔上",此王维语;"苔深不能扫,落叶秋风早",此李白语;"兴来无洒扫,随意坐莓苔",此杜甫语;"夕阳飘白露,树影扫青苔",此贾岛语;"茅亭宿花影,药院滋苔纹",此常建语;"苔痕上阶绿,草色入帘青",此刘禹锡语;"道人庭宇静,苔色连深竹",此柳子厚语;"松筠条条长碧苔,苔色碧于秋水碧",此顾云语。白乐天与李商隐也分别有句"漠漠斑斑石上苔,幽芳静绿绝纤埃","阶下青苔与红树,雨中寥落月中愁"。王勃《青苔赋》更是字字珠玉,句句妙辞:"绕江曲之寒沙,抱岩幽之古石。汛回溏而积翠,萦修树而凝碧","契山客之寄情,谐野人之妙适。耻桃李之暂芳,笑兰桂之非永"。就连袁世凯当年隐居洹上,竟也不忘青苔。其《雨后游园》云:"昨夜听春雨,披蓑踏苍苔。人来花已谢,借问为谁开?"另一首《春日饮养寿园》曰:"背郭园成别有天,盘夕樽酒共群贤。移山绕岸遮苔径,汲水盈池放钓船。满庭莳花媚风日,十年树林拂云烟。劝君莫负春光好,带醉楼头抱月眠。"若非因人废诗,确具几分禅意。

古人咏苔,常苔藓并提,如杜子美"苔藓山门古",姚合"苔藓流尘色",岑参"雨滋苔藓侵阶绿",司马图"石阙莫教苔藓上",莫不如此。更有甚者,说苔道藓,张冠李戴;甚至不分彼此,误成一物。其实,藓类一般较苔为大,具茎叶体,有长而坚挺的蒴柄及假根。苔则体形扁平,状如圆钱,恰如郑谷《苔钱》所咏:"春红秋紫绕地苔,个个圆如济世财。雨后无端满穷巷,买花不得买愁来。"赵企之《咏苔》亦道:"斑斑染黛色差匀,个个微圆类绿萍。不比榆钱铺砌白,未饶荷叶点溪青。陶熔尽出春工力,磨就多应雨夜零。好与时人买风月,何妨积贮满空庭。"朱康候更是随物赋形,摄魂传神,"布叶如钱个个青,不争要路占闲庭。风前印鹤移罡步,雨后留蜗作篆形。坐阁久萦词客恨,入碑多蚀古人名。红英坠地交相映,小屐蹬然未忍停"。

七绝圣手杜牧有次途经玄宗故宫"勤政殿",但见当年百戏杂陈的"花萼相辉之楼",凋零凄凉,败落不堪;原本威严可畏的镀金龙头兽首亦已爬满青苔,绿斑绣身。于是触景生情,感昔伤今,深叹"唯有紫苔偏称意,年年因雨上金铺"。青苔虽小,任情滋蔓,哪管兴亡盛衰?还真自在惬意。难怪清袁枚如此咏道:"白日不到处,青春恰自来。苔花如米小,也学牡丹开。"

# 珍卉重现金莲花

相传明代嘉靖年间,奸相严嵩获知《清明上河图》为苏州员外郎王振斋所藏,遂令太仓籍蓟辽总督王忬设法攫为己有。王振斋无奈,央请舅氏洞庭西山丹青高手陆治临摹此画,以此赝品搪塞严嵩。孰料竟被装裱师汤某识破,严嵩大怒,不仅杀了王振斋,并迁恨王忬,借口"滦河之变"将其斩于西市。忬子世贞欲报父仇,乃据《水浒传》为蓝本,写成《金瓶梅》一书,浸透砒霜,使人进呈酷爱淫书又好吮指翻纸的严公子世蕃,最后使其中毒而毙云云。清初吴县(今苏州)李玉所撰传奇《一捧雪》,即本于此。且说《金瓶梅》之书名,乃据潘金莲、李瓶儿、春梅三女姓名各取一字组成。其中潘氏"因她缠得一双好小脚儿,因此小名金莲"。据考缠足一俗始自南唐后主李煜,其"作金莲,高六尺,莲中作品色瑞云",敕令宫嫔窅娘"以帛缠脚,纤小屈曲,作新月状,素袜舞莲花中,回旋有凌波之态"。自兹流风所及,浸淫寰中,好事者艳称此类小脚为"三寸金莲"。那么,自然界之"水中君子"荷花,除了常见的红白二色,是否真有金色莲花呢?

宋人张邦基《墨庄漫录》尝证:"京师五岳观右凝祥池,有黄色莲花甚奇,他处少见。"另龙图阁学士宋祁《朝日莲赞》赋云:"花色或黄或白,叶浮水上,翠厚而泽,形如菱花差大。开则随日所生,日入辄敛而自藏于叶下,若葵藿倾太阳之比。"而同代吏部侍郎张舜民亦称:"所寓开利寺小池,有四色莲花青、黄、白、红,皆北土所未见也。"并即兴吟道:"深山草木自幽奇,四色荷花世所稀。孤独园中瞻佛眼,凝祥池上捧天衣。白公(指白居易)没后禅林在(白晚年好佛,居庐山,作草堂谈禅烧丹),王俭(宋明帝时尚书左仆射,朝仪草创皆其议定之)归来幕府非。水冷风高人不到,却怜鸥鸟日相依。"及至元代,翰林学士承旨刘敏中亦有幸于上都(与大都北京并称两都)目睹大片金莲,欣喜之余,尝填《鹊桥仙·上都金莲》一阕:"重房自坼,娇黄谁注?烂漫风前无数。凌波梦断几番秋。只认得,三生月露。　川平野阔,山遮水护。不似溪塘迟暮。年年迎送翠华行,看照耀。恩光满路。"众多记载足可力证,金莲确曾卓然傲世。

　　吟咏金莲花诗作最负盛名者,还得首推一代名相申时行。此公有次与神宗朱翊钧同赏金莲,奉旨《题黄臺莲》二首:"九嶷山下分奇种,百子房中吐瑞姿。朵朵黄云团羽盖,为迎金母下瑶池","芙蓉为带菊为裳,高结重臺散异香。见说君王频问寝,名花长映御袍黄"。也许意犹未尽,又赋《晨起观荷花》一诗,复记其盛:"水榭临文漪,晨曦出阳谷。宛彼芙蓉花,嫣然媚初旭。焕若丹霞敷,煜如锦云簇。秾艳复芳馥,可以娱心目。"至今已无资料证实,这位长洲籍首辅,当时是否记得故乡亦多"煜如锦云簇,秾艳复芳馥"的金莲花。倒是其同科进士太仓名士王世懋《花疏》明载,"莲花种最多唯苏州府学(即今文庙)前,叶如伞盖,茎长丈许",并列举了该处百籽莲、碧臺莲、锦边莲、四面观音莲等诸多珍品,最后不忘强调,"其黄白二种","真奇种也"。

　　说不清始于何年何月,金莲花悄然失传,不复现世。直教荷族同哀,花国齐悲。所幸者,近年忽从六朝古都传来惊人喜讯,那里"艺莲苑"通过整整八年择优杂交提纯复壮,终于重又培育出了妖娆金莲,再赏珍卉,指日可待。

# 醉人如泥大麻花

从来隽物有嘉名。举凡名带"番"字印记者，多为南宋至元明时期自域外引入，盖因时人称西方边境各族为番邦也；若以"海"字冠首者，皆自南北朝后通过贸易商船从海上舶来，此即所谓"九州之外，更有瀛海"也；另有用"洋"字号称者，则为清代舶来之品；而若以"胡"字打头者，皆于两汉、西晋朝经由丝绸之路传入吾邦。如沈括《梦溪笔谈》关于"张骞始自大宛（故西域国名，在今中亚费尔干纳盆地）得油麻（即芝麻）种之，亦谓之麻，故以胡麻别之。谓汉麻为大麻也"之记，即道为了区别外来物种芝麻，遂将本土之麻改称大麻。吾国麻类植物计有大麻、亚麻、苎麻、苘麻（即青麻）等诸多种类，然先民习称之麻，通常专指大麻。如梁吴均《城上麻》一诗："麻生满城头，麻叶落城沟。麻茎左右披，沟水东西流。"所咏之麻，即为大麻。

大麻乃雌雄花异株，雄株名"枲"，亦云牡麻；雌本曰"苴"，别称荸（《尔雅》释为麻母）麻。一般通称为麻。其茎高五六尺，枝叶扶疏，叶狭而长，状如益母草，一枝七叶或九叶，五六月开细黄花，名曰麻蕡。所结之籽，可榨油。东晋大家郭璞有言："草皮之良，莫贵于麻。用无不给，服无不加。"可知麻乃古代重要植物纤维原料。三代以前，除蚕丝外，"舍麻固无以为布"。史上最早的男式礼服"深衣"，便以大麻制成，因之别

大麻

称麻衣。《诗经·曹风·蜉蝣》有句:"蜉蝣掘(穿之意)阅(同穴),麻衣如雪。"汉代名儒郑玄笺曰:"麻衣,深衣。诸侯之朝,朝服,朝夕则深衣也。"除了礼服,旧时赴试举子所穿布衣,亦称麻衣。"不知岁月能多少,犹着麻衣待至公","年老身闲无外事,麻衣草里亦容身",即咏此意。而作为曩昔五类丧服中之斩衰、齐衰、缌麻三种专用服饰,亦均杂有粗麻布,以至今日民间犹存孝子贤孙于居丧期间披麻戴孝之风尚习俗。如果说,麻之为衣无人不晓,那么,麻籽代粮只恐知者不多。姑且不提《黄帝·素问》"麻麦稷黍豆为五谷"的经典之说,试以《诗经》着手分析,同样不难发现个中端倪。如《陈风》篇《东门之枌》的"不绩其麻",《东门之池》的"可以沤麻",显然将其作为纤维植物对待处理;而《豳风·七月》之"九月叔(拾取)苴(此指麻籽。郭璞注:苴麻盛籽者)"、"禾麻菽(大豆)麦"与《大雅·生民》之"麻麦幪幪(茂盛貌)",则明显视其为粮食作物而归属于五谷之类。

除了衣食两用,大麻尚可入药。早在三国时期,广陵(今扬州)名医吴普即著书指出,"麻蓝,一名麻蕡,一名青葛,味辛甘有毒。"近代学者杨华亭《药物图考》确认,麻蕡"新采之时,嗅之久致眩晕而痛,因内含元素甚富,为刺激性之麻醉剂","若服过大之分剂,则呼吸必缓,然卒无殒命者;此药常服致瘾"。麻蕡与麻沸读音相近,又富含四氢大麻酚等麻醉物质,故有专家推测,当年华佗所创麻醉神药"麻沸散",极有可能即以其为主药炮制而成。

相比炎黄祖先率先将大麻经济致用,域外不法之徒却将其在热带地区进行培育后,制作臭名昭著的毒品大麻或大麻烟。看来,大麻花虽只默然无语,却无疑足以见证中华民族是个崇尚文明热爱和平的伟大民族。

# 海棠秋艳断肠花

近代通俗小说家秦瘦鸥的名著《秋海棠》，情节悲怆，人物鲜活，读来令人感伤难忘。此书一度洛阳纸贵，又相继被搬上银幕、舞台，着实也使秋海棠花空前红火了一把。

秋海棠，又名八月春、相思草、断肠花，乃秋海棠科秋海棠属多年生草本。作为尝被《花镜》喻为"妖冶柔媚，真同美人倦妆"的观赏名卉，拥有四百余种类，而园艺品种更是近千，分为球根秋海棠、根茎秋海棠及须根秋海棠三大派系。其中属须根类的四季海棠原产南美巴西，1828年传入欧洲各地。育种学家于五十年后进行种间杂交取得成功，形成了四季开花的特色。据《采兰杂志》称："昔有妇人，怀人不见，恒洒泪于北墙之下，后洒处生草，其花甚媚，色如妇面。其叶正绿反红。秋开，名曰断肠花，即今秋海棠也。"清赵学敏《本草纲目拾遗》亦载："相传昔人有以思而喷血阶下，遂生此草，故亦名相思草。"奇异传说使秋海棠平添了几许神秘色彩，然此花确乎娇态可爱，令人赏心悦目。其株高不盈尺，以娇小见胜。茎直立，节膨大，肉质多汁，光滑透亮，绿色而带红晕，美称"玻璃翠"。叶呈心形背缀红丝，有艳胜红枫的，有彩斑环纹的，有银星闪烁的，有细茸密布的。奇妙的是，若将叶片摘下插入土中，竟会落地生根，生发出一株新的植株。其花则顶生或腋生，聚伞花序，或粉红绰约，或深红秾丽，或洁白晶莹，醉态朦胧，或含羞带怯，婆娑多姿，妖艳欲绝，不胜柔媚之美。恰如明代被逸罢官遂以著述自娱的俞琬纶诗云："薄罗初试怯风凄，小样红妆着雨低。一段妖娆描不就，非关子美不能诗。"前清诗人宗太白、兼擅书画的孙原湘也写照极妙:"一丝清气九回肠,天与幽情压众芳。十二枝帘风荡飏,无人不道木樨香。"

　　历代文人皆对秋海棠热衷题咏歌吟,且多善于紧扣"秋"字,见仁见智,巧做文章。如杨万里道"木藁篱菊总无光,秋色今年付海棠",陈道复道"墙根昨日开无数,谁说秋来少艳姿",俞君宣道"春色先应到海棠,独留此种占秋芳",纪晓岚道"憔悴幽花剧可怜,斜阳院落晚秋天",孙子潇道"同是秋花得气迟,冷香未许蝶蜂知",朱受新道"清秋湛露浥琼芳,素影风摇玉砌旁",陈宝琛道"当年亦自惜秋光,今日来看信断肠",石蔼士道"肠断玉阶秋色冷,更无人能立多时",谢震道"千载痴情钟我辈,一生颜色借秋风",袁逢盛道"自持秋水比丰神,却充白帝掖庭人",袁枚道"小朵娇红窈窕姿,独含秋气发花迟",另有钟惺云"年年秋色下,幽独自相存",陈石亭云"露浥秋姿腻,风回宫袂凉",狄觐光云"点点相思色,秋来一断肠",或赞、或叹、或赏、或怜,句句出自胸臆,不乏隽味。

　　秋海棠既"垂垂小朵力难支,绰约临风绝世姿",又"霜花不上胭脂面,强饰春妍嫁北风"。故在诗人笔下,习见"弱质不禁露,幽怀欲诉风"、"笑泣谁能喻,荣衰不敢论"之状,一似瘦不禁风、娇慵忧郁的小女子。然鉴湖女侠秋瑾偏不,兀自凛然高吟:"栽植恩深雨露同,一丛浅淡一丛浓。平生不藉春光力,几度开来斗晚风。"一扫颓唐之风,借花自况,以诗言志,充分展示了这位铁血巾帼遭逢末世,却誓与清廷决一死战的女杰本色。

# 映日流辉旱金莲

河北承德避暑山庄如意洲上,于清初康熙年间建有一幢与延熏山馆长廊链接的二层楼宇。及至乾隆登基,又扩为五间歇山顶大殿,配有卷棚抱厦。此楼旧有爱新觉罗·玄烨御题"金莲映日"四字匾额。原来,其时楼前广植旱金莲数万株,日光映射,金辉炫目。凭栏远眺,犹如织锦铺霞,蔚为壮观。难怪这位游兴颇炽、巡玩无度的大清枭雄激赏"金莲盛放可爱"之余,亲自寄调《杨柳青》宠之以词:"万顷金莲,平临难尽,高眺千般。珠蹙移花,翠翻带月,无暑神仙。　俗人莫道轻寒,悠雅处、余香满山,岭外磊落,远方隐者,谁似清闲。"嗣后内阁学士汪灏奉旨编纂《广群芳谱》,一字不漏照录了此词。

旱金莲,别名金莲花、旱荷,为旱金莲科金莲花属多年生蔓生草本,原产晋、冀及蒙古南部海拔千米以上的山坡草地或疏林下,恰如词人所云:"浪迹碧湖蓊草,羡金铺翠藻。俨如水中莲,比叶细较花小。柔枝擎袅袅。谁幻巧。"此花于夏季开放,花葶耸立,七出两层,一茎数朵,若莲而小,金色灿烂,娇容动人。为别于水生金莲,故有旱莲或旱荷之称。宋权直学士院洪适有诗赞道:"绿衣黄里水巷竽,朝暮凌波步武(即武步。古以六尺为步,半步为武)齐。一种清高乐泉石,移根不肯污涂泥。"据《辽史·营卫志》载:"道宗(即耶律洪基)每岁先幸黑山,拜圣宗(其祖耶律隆绪)、兴宗(其父耶律宗真)陵,赏金莲,乃幸子河避暑。"这位辽道宗与康熙帝堪称知音,颇有同好,每年将观赏旱金莲花作为必修功课。诗人靳荣藩尝赋长诗《金莲花歌》专记其举:"忆昔金源绍耶律(辽之国姓),行宫帐殿俱嵯峨。肇锡嘉名曷里改(辽语,意美也),金枝玉叶原非讹。莲曲新翻白羽起,莲杯既醉朱颜酡。遂令此花得所遇,史臣载笔为编摩","龙门边外绿陂陀,芙蓉菡萏交枝柯。妍如重臺滴早露,洁如百子凌静波","愿以此诗为花慰,见者应复来游歌。名花闻之似解语,风前摇曳常婆娑"。

"映日流辉艳绮霞,山庄移自梵王家。"叱咤风云的一代霸主如此宠爱此花,远离红尘的释家信徒更是不甘例外。如《五台山志》载:"山有旱金莲,如真金,挺生绿地,相传是文殊圣迹。"清人陈裴之尝咏《五台山金莲花》诗云:"五台山色本清凉,种出金莲满上方。宝相千层围法界,琼蕤四照散天香。风裳水珮游仙引,月地云阶选佛场。为问几枝开并蒂,瑶池长复紫鸳鸯","一花一叶一因缘,阿耨池边种几年。功德水涵众香国,华鬘云拥四禅天。灵根漫佐伊蒲馔,嘉树应缙贝叶编。旧是文殊留影地,折来还供法王前"。不难看出,"林中篱下风气凉,金花绿叶自然芳"的金莲花,与释氏佛门之间的绵长因缘。

旱金莲花"浅白轻黄两未分,飞来人世作朝云。天教细雨常遮护,留得清香数日闻"。然此花倘若单独生长,从蓓蕾初绽至盛开凋谢,一般仅一天时间,生命十分短暂。有趣的是,据说将其与崖柏种在一起,则大可延缓凋零。尤妙者,此花尚是葫芦科作物或甘蓝类蔬菜诸如芥菜、花椰菜、青花菜、羽衣甘蓝、球茎甘蓝等的良伴佳侣,竟能帮助邻里驱赶蚜虫、粉虱、南瓜缘椿、黄瓜甲虫及其他一些害虫,并改善这些植物的生长状态和口感风味。可见,草木亦通灵,同样讲究顺其互生,避其相克。

# 疏篱荒映白茅花

明崇祯九年（1636），江阴奇士徐霞客偕同禅侣静闻徒步朝圣云南鸡足山，上人不幸于翌年病逝南宁。徐公负友骸骨跋涉五千余里，终于抵达鸡足山筑塔瘗之；并哀赋《哭静闻禅侣》六首，其一曰："同向西南浪泊间，忍看仙侣堕飞鸢。不毛尚与各山隔，裹草难随故国旋。黄菊泪分千里道，白茅魂断五花烟。别君已许携君骨，夜夜空山泣杜鹃。"关于"白茅魂断"，释者颇多歧义。那么，其真实含义又当作何理解呢？

原来，先民尊称白茅为灵茅，视其为洁白柔顺之象征。故凡祭祀必用其垫托或包裹祭品，以示虔敬。恰如孔夫子所言："茅之为物，薄而用可，重也。"宋陆佃《尔雅》曰："茅体柔而理直，又洁白，故先王用之以籍，亦以缩酒。"明毛晋《陆疏广要》释《诗经》"白茅包之"、"白茅纯束"、"白茅束之"等句时，亦道："茅之白者，古用包裹礼物以充祭祀，缩酒用。"所谓缩酒，乃指立一束白茅于祭坛前，倒之以酒。若酒渗入茅丛，表示被祭祀者已饮此酒。另据《周礼·天官》"甸师祭祀共萧茅"，或《春官·男巫》"旁招以茅"，足证古俗男巫或甸师亦分别以茅召唤、祭奠神灵。古代帝王分封诸侯，更必按封地方向撮取祭坛上五色土之相应一种，以茅包之，称为茅土，以

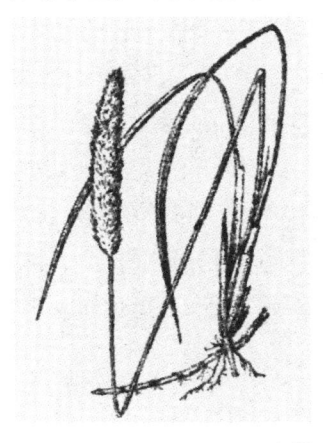

白茅

示允准受封者地位之合法。由此可见，当年徐公循此古风哭祭故友亡灵，何等古道热肠，心虔志诚。

白茅为禾本科多年生草本，多生于路旁、山坡、荒地，因叶形如矛，故谓之茅。其根茎横生，细长有节，人称地筋，白嫩可啖。于春夏间开花茸茸然，花序圆柱状生于杆顶，长有银白色丝状长柔毛，如絮似云，随风飘拂。除了白茅，另有菅茅、黄茅、香茅、芭茅数种。菅茅似白茅而长，入秋抽茎开花，成穗似荻，结实尖黑，粘衣刺人。《尔雅》所谓"白华（花）野菅"是也。陆玑《诗疏》尝称"菅似茅而滑，无毛。根下五寸者有白粉"。黄茅似菅茅而茎上开叶，秋深吐花穗亦如菅，根短而细硬无节，根头有黄毛。香茅又名菁茅，叶有三脊，气香芬。《后汉书》载公孙瓒上讨袁绍疏"伐荆楚以致菁茅"，即指此草。芭茅丛生，叶大如蒲。诸茅一般逢春萌芽，布地如针，俗称茅针。幼芽名"荑"，色白而柔。《诗经·硕人》"手如柔荑"，即以其赞喻佳人之纤纤玉指。茅之用途甚广，除了缩酒祭祀、制索盖屋，《救荒本草》有记，"取根咂食，久服利人"；《神农本草经》亦载其良可入药，"主劳伤虚羸，补中益气，除淤利便"。而尤有意思的是，古人行军，用茅为旌，持旌先行，如途遇变故或来敌，便举旌警告后军。如《左传·宣十二年》即载"前茅虑无"。可知茅早在原始社会后期，即为聚集号令族人之特殊标志和信号。正因此故，后世遂引申考试等博弈领先者，谓之"名列前茅"。

历代古贤咏茅之作屡见不鲜。然寄概遥深而足以醒世者，恐怕还应首推《楚辞》众篇。如贾谊《惜誓》之"伤诚是之不察兮，并纫茅丝以为索"，直斥当局执政无能，是非不分，就像欲把茅与丝合搓成绳索一样荒唐可笑；王逸《悼乱》"茅丝兮同综，冠屦兮共绚"，同样谴责世道荒诞，良莠无别，贫富不公，贤佞颠倒；而屈原《离骚》之"兰芝变而不芬兮，荃蕙化而为茅"，更是隐嘲官场犹如染缸，好人亦会蜕化。

# 草尚独活拒追风

自言尝"买药都市,寄身友朋"的诗圣杜甫,暮年开了爿小小中药铺,并亲自挥毫题写店联:"独活灵芝草,当归首乌身。"此联由四个药名连缀组合,浑然天成,寄托了诗人孤独漂泊、壮志难酬之意。另据钱德苍《解人颐》尝载三首药名诗谜,其一曰:"一副花笺决不欺,相烦寄与我孙儿。休图自己营生计,须念高堂白发稀。"谜底依次射信石、附子、独活、知母四味中药。巧合的是,这或明或暗的一联一谜,不约而同提及了一种草本,那就是:独活。

据说上古时期,天下爆发特大瘟疫,"乡乡有伏尸之悲鸣,村村有啼天哭地之号声,或齐村而亡,或举族丧者"。于是民众禀求太昊伏羲拯危济困,伏羲遂号众广采草药,垒锅煎煮,并下令人人痛饮三千口,终于无论男女老幼,得以行气活血,扶正固本,绝处逢生。因人皆饮三千口而不死,从此创为"活"字,沿用至今。那么,草名"独活",究又何因呢?原来,此草始载于《神农本草经》。其春生苗叶如青麻,夏秋开花作丛,五瓣淡绿,或黄或紫。头如弹子,末似鸟尾。若问名因何起,倒颇有趣。一般来说,"风吹草动"几成颠扑不破的大自然铁律,然独活却偏标新立异,力行颠覆:遇风不动,无风自摇,坚持独立,体现自主。恰如南

独活

朝陶弘景所释："一茎直上，不为风摇，故曰独活。"又道，"此草得风不摇，无风自动，又曰独摇草。"但看滚滚红尘，茫茫俗世，多少昧心贪婪名利者，趋炎附势，吮痈舐痔，男争出卖灵魂，女甘兜售肉体。正是：草尚独活拒跟风，羞煞人间可怜虫。据说正因此草天生异禀，风骨不凡，大有"民主思想，独立精神"，故擅能逐风胜湿，透关利节，凡头痛、肢节痛非其不能却乱反正。借用金代通玄处士刘完素之言，便是："独活不摇风而治风，浮萍不沉水而治水，因其所胜而为制也。"因之历代医家莫不对其刮目相看，如初唐百岁名医甄权宣称，"独活治诸中风、湿冷、奔喘、逆气、皮肤苦痒、手足挛痛、劳损风毒"，同代儒医李杲亦褒扬其擅"治风寒湿痹、酸痛不仁、诸风掉眩、颈项难伸"。有分教：位卑未敢忘利人，独活原是为济世。

说起独活，必提羌活。李时珍《本草纲目》有记："独活以羌中来者为良，故有羌活、胡王使者诸名，一物二种也"，"独活、羌活乃一类二种，以中国（中原）者为独活，西羌者为羌活"。所谓"西羌"，并非别处，恰是2008年遇强烈地震的蜀中汶川一带羌族同胞之聚居家园。该地所产羌活，轻虚、软润、密节，因形如蚕，俗称"蚕羌"。其体表有螺旋纹，断面则有紧密分层，具紫、黄、白诸色相间之纹理。向以色紫而有蚕头、鞭节且又香气浓烈者为上品，其广佑生灵，万古沁芳，演绎了无数人间佳话。但愿浩劫过后，此物犹能"独活"，与山川并秀，同草木共茂。

独活既尝成联为谜，亦辄入诗进词；尤妙者，不仅功可祛病健身，且颇宜激励仁人志士。北宋徽猷阁待制洪皓奉旨出使金国，旋被无理扣押。尝流亡冷山，屡以敌情辗转秘达宋廷，乞兴师进击，以图恢复，历十五载始获释放归。其间洪公巧借药名写下了《集药名次韵》一诗："独活他乡已九秋，肠肝续断更刚留。遥知母老相思子，没药医治尽白头。"力展抱负，竭表忠孝，堪令后人钦敬不已。

# 当年黄独漫哀穷

综观历朝各代，有行文人莫不十有九厄。以诗圣杜甫为例，一生颠沛流离，饥寒交迫。而最凄楚之时，莫过于远避战乱蛰居同谷（今甘肃成县）之日，其《同谷七歌》真切而生动地实录了此公的困境与窘态。如第二首："长镵长镵白木柄，我生托子以为命。黄独无苗山雪盛，短衣数挽不掩胫。此时与子空归来，男呻女吟四壁静。"可怜"白头乱发垂过耳"的衰迈之躯，老眼昏花，蹒跚在白雪皑皑的旷野寻挖黄独，一无所获，空手而返。以致断炊熄火，枵腹枯肠，眼睁睁看着亲生骨肉相继夭折，迸泪呕血，撕心裂肺。直至明洪武初，诗僧宗泐《劚黄独》"雨歇林气凉，草没涧西路。荷锄入深幽，石边欣相遇。长歌对白云，清风满山树。向来垂涕人，遥遥千载慕"一诗，即犹痛思杜公；同代贾宏虽是谢友送芋，竟亦触类旁通，欷歔不已："芋魁（即芋艿）相送满筥笼，应念冰盘苜蓿空。此日蹲鸱（芋之别称）真损惠，当年黄独漫哀穷。"

说起黄独，有段公案。明陈师道《后山诗话》尝道："'黄独无苗山雪盛'，往时儒者不解黄独意，改为黄精。"原来恰如今人擅将杜公"园收芋栗未全贫"之"芋栗"改为"芋栗"，某些"往时儒者"因对黄独缺乏认知，竟以黄精胡乱"山寨"。而且，看来绝非个案。南宋张文潜《明道杂志》言："老杜《同谷诗》有'黄精无苗山雪盛'，后人所改也。读者不知其义，因改为精。其实黄独自一物也。本处谓之土芋，其根唯一颗而色黄，故名。黄独饥岁土人掘食以充粮，故老杜云耳。"诚者斯言。黄精乃多年生草本，三月生苗，茎高一二尺，叶对生而似玉竹，夏初叶腋开花，下垂如小铃，色黄或淡绿，花后结果如豆。

根如嫩姜，色白而青。而黄独则属蔓生，叶如豆苗，根似小芋，皮黄肉白。《本草》尝云："江东谓之土芋，江西谓之土卵，煮食之类芋魁也。"故李时珍《本草纲目》特将其自草部移入蔬部。这正是：只怕不比，一比无弊。

然正因黄独形似芋，又有人误其即芋魁或赭魁。对于前者，清吴景旭《历代诗话》一语中的："《诗话》皆以为芋魁，非也。观其'雪盛'而'无苗'，可知非芋魁矣，乃其类芋魁而小者。"至于后者，沈括《梦溪笔谈》对赭魁详有记述："今赭魁南中极多，肤黑肌赤似何首乌。切破，中有赤理如槟榔。有汁赤如赭，彼人以染皮制靴（按：香云纱即以其汁染成）。"苏恭《唐本草》亦曰："赭魁大者如斗，小者如升，蔓生草木上，叶似杜蘅。梁汉人蒸食之名黄独，非赭魁也。"一可食，一绝不可食。据此当可断言，两者绝非一物。

唐人诗咏黄独，当非杜甫一人。金坛（今属镇江）戴叔伦便尝有句："地瘦无黄独，春来草又深。"此说对元末武进高士谢应芳来说，也许深契其心，大可共鸣。这位以道义气节著称于世的名贤，自称因恨"赤眉横行食人肉"，毅然选择"逃我昆山采黄独"，谱写了一段可歌可泣的人间佳话。而另有则相关轶事，道是明代苏州乡贤唐寅尝作题画诗云："青藜柱杖寻诗处，多在平桥绿树中。红叶没胫人不到，野棠花落一溪风。"其挚友俞弁即举"黄独无苗山雪盛，短衣数挽不掩胫"为据，称胫字押韵未稳。唐公虚怀若谷，从善如流，欣然改作"红叶没鞋人不到"。足见诗圣之吟，无远弗届，余响不绝。

# 追风透骨毒乌头

古贤颇多擅长以药名作诗者,如宋周紫芝《病中戏作本草诗》:"人生富贵不早休,乌头成白空自愁。浩歌自驾木兰去,范蠡实能知远游";明萧韶《药名闺情诗》:"丁香漫比愁肠结,豆蔻常含别泪垂。愿学林中双石燕,庭乌头白竟何迟";杨一清《途次病目因检药楶作药名诗》:"梦插茱萸归梓里,闲将故纸写家书。萍蓬浪寄生涯在,青锐乌头幸未疏",不难看出,不约而同都将"乌头"之名,巧妙入诗,以喻青春。

乌头,毛茛科多年生草本,入春生苗,茎若野艾,叶如地麻,花色蓝紫。因其块根酷似乌鸦头,故名。如三国神医华佗高徒吴普释曰:"乌头形如乌之头也。有两岐相会如乌之喙(乌嘴)者,名曰乌喙。"宋郑樵《通志·昆虫草木略》亦云:"初种之母曰乌头,如芋魁是也。其形似乌乌之首,故以为名。两岐似乌开口者曰乌喙,亦取其似也。乌头傍生者为附子,附子旁生者为侧子。"乌头通常分两种,人工栽培以产蜀地者最负盛名,名曰川乌头,其主根即川乌或乌头,侧根为附子;而野生者通称草乌头。两者皆有毒。早在《国语·晋语》即载,晋献公宠妃骊姬欲潜太子申生,先是诱骗其提前置办祭祀所用酒肉,然后密遣心腹"置鸩于酒,置堇于肉",以此制造事端而达到离间献公父子关系卑劣目的,终将申生害死。此"堇"即乃乌头古称。恰如周密《齐东野语》所言,"草乌末,食之即死(昏迷),三日后活(苏醒)"。古人辄将生乌头压榨或煎熬之汁涂抹箭器射击飞禽走兽,毒性峻烈,见血封喉,故向有"射罔(通网)"之称。相传神农氏时期,长江流域以狩猎为生的先民,常将弩弓上的箭镞,放入乌头毒汁中浸泡七七四十九日,然后以其对付猛禽巨兽。及至冷兵器时代,乌头更是应用广泛,名声大噪。兵士普遍将其汁液涂抹于兵器上,利用毒性,致敌重创。《三国演义》载,蜀汉大将关羽攻打樊城时被飞箭射中右臂,"原来箭头有药,毒已入骨",因之引发一场"刮骨疗伤"的轰动传说。可以说,此类箭毒大抵便是乌头发威。及至北宋庆历年间,端明殿学士曾公亮所撰《武经总要》,记载了当时一种专门对付地道入侵者的剧毒烟球,内装乌头、砒霜、巴豆之类毒物,一经燃烧,毒雾弥漫,很快即能致敌昏厥,陷入瘫痪。

然乌头虽有毒,却乃不可多得之良药。中医认为,其味大辛,大苦,性大热,既善追风,又擅透骨,具较强祛风除湿、散寒止痛功效。史载清初蒙古准噶尔部首领噶尔丹勾结沙俄,频扰内地,屡肇事端。康熙誓师征讨,只奈天寒地冻,满汉将士俱患风湿,严重削弱了战斗力。后来正是有识之士献计,采用乌头与其他中药配伍制成"御用膏",及时为将士解除了病痛,终于扭转战局,克敌制胜。平叛杀寇,保疆卫国,乌头可谓功不可没。另据明朱元璋之第五子周王朱橚《普济方》所记,乌头尚可用于麻醉。华佗发明的麻醉奇药"麻沸散"以及吊诡莫测的神秘药物"蒙汗药",内含乌头成分,早成学界共识。

回头再说药名诗,大宋名相王安石《和微之药名劝酒》一诗,亦曾咏及乌头:"欢华易尽悲酸早,人间没药能医老。寄言歌管众少年,趁取乌头未白前。"的确,娱乐入魔,肉麻成瘾,贻害无穷,回头是岸。这正是:恶俗失控必成灾,良言今犹砭时弊!

# 千岁茯苓带龙麟

《红楼梦》描述宝玉与其母王夫人商议为黛玉配药时道:"我这个方子比别的不同,那个药名儿也古怪,一时也说不清。只讲那头胎紫河车,人形带叶参,三百六十两不足,龟大何首乌,千年松根茯苓胆,诸如此类的药都不足为奇。"何为"茯苓胆"?《红楼梦大辞典》释曰:"此云茯苓胆者,'胆'为'蛋'之谐音,指其块状而言。"然据吴晓铃所藏乾隆五十四年(1789)"胆"本作"脂"。考之晋张华《博物志》"松柏脂入地,千年化为茯苓"及葛洪《抱朴子》"松柏脂沦入地千岁,化为茯苓"等说,不容置疑,"胆"实为"脂"之误。

茯苓,别称茯菟,一名木芝,又曰威喜。葛洪尝言:"五芝者,有石芝,有木芝,有草芝,有肉芝,有菌芝,各有百许种也","及夫木芝者,茯苓万岁,其上生小木,状如莲花,名曰木威喜芝"。《孝经援神契》亦曰:"巨胜(即芝麻)延年,威喜辟兵。皆上圣之至言,方术之实录。"所谓威喜、木芝,便是茯苓。此物由来甚久,早在《淮南子》中即载"千年之松,下有茯苓,上有菟丝"。其乃松根下之腐生真菌,属担子菌亚门多孔菌科。新鲜时质软,干后坚硬。表面有深褐色、多皱的皮壳;内部粉粒状,白粉红色,有红筋。《神农本草经》尝将其列为上品,声称"久服安魂养神,不饥延年"。如《素女方》尝载黄帝向

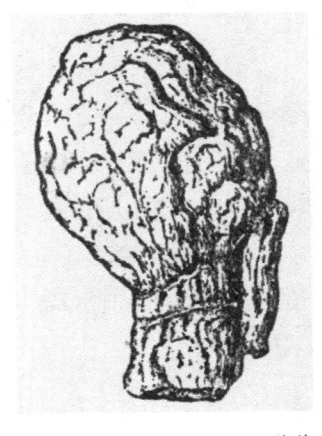

茯苓

高阳负请教如何养生,高曰:"有四时神药,名曰茯苓。春秋冬夏,疗随病形,冷加热药,温以冷浆,风加风药。色脉诊评,随病加药,悉如本经。"并针对四季分别推荐了更生(即茯苓)丸、补肾茯苓丸、垂命(救命)茯苓丸,以及四时通服、不避寒暑的茯苓散、茯苓苏、茯苓膏等秘方灵药。北宋苏辙少时多病,久治无效。后服茯苓,一年疾愈。此公特撰《服茯苓赋》,盛赞其"流膏液于黄泉,乘阴阳而固结;像鸟兽之蹲伏,类龟鼋之闭蛰","外黝黑以鳞皱,中洁白而纯蜜;受雨露以弥坚,与日月而终毕",功可"解急难于俄顷,破奇邪于邂逅","安魂魄而定心志,却五味与谷粒。追赤松(传为神农时雨师)于上古,以百岁为一息"。

当然,推重茯苓者,尚大有人在。陶弘景辞官退隐,梁武帝萧衍下旨"每月赐茯苓五斤,白蜜二升,以供服饵"。难怪唐人吴融力劝病友"宜茯苓":"千年伏菟带龙麟,太华(即西岳华山)峰头得最珍。金鼎晓煎云漾粉,玉瓯寒贮露含津。南宫已借征诗客,内署今还托谏臣。飞檄愈风如妙手,也须分药救漳滨。"黄庭坚同样赞之不绝:"汤泛冰瓷一坐春,长松树下得灵根。吉祥老子亲拈出,个个教成百岁人。"至明,吴中狂士祝允明更是"和云盛筐,带月如铛,剥肤干蒸,集露共烹","或异制而单餐,或他剂以佐并",以此追求"垢腐刮焦,府荣股肱。彊中气盈,葆完元淳"。

说起服食茯苓,柳州太守柳宗元却颇尴尬。据其自述,"有医导余兮求是以食,往沽之市兮欣焉有得"。然经"涤濯炊烹",食后毫无成效。医生详察后"笑而嘻曰:'子胡(何)昧愚兮,兹谓蹲鸱。'"原来,卖家鱼目混珠,所售茯苓竟以芋芳假冒。于是,柳公感喟:"物固多伪兮,知者益寡;考之不良兮,求福得祸。"岂知如今"吃素怕毒素,吃荤怕激素,喝饮料怕色素,吃什么都没数",变本加厉,过犹不及。

# 草赛狼尾牧麋鹿

《庄子·齐物论》道:"毛嫱、丽姬,人之所美也,鱼见之深入,鸟见之高飞,麋鹿见之决骤(急速飞驰)。"这位与老子并称道家之祖的庄周本意是说,无论何等国色天香的绝代佳人,对于鱼、鸟、麋鹿们来说,绝对心无旁骛目不斜视,依然或潜水底,或翔云空,或撒蹄奔驰,由此足证天地万物齐一。也就是说,世间一切事物的性质,判断是非的标准,都是相对的、不断变化的,没有绝对的"是"与"非",没有绝对的真理与谬误。这在认识论发展史上极具重要意义。直至初唐五言高手宋之问诗咏"鸟惊入松网,鱼畏沉荷花",世人方以"沉鱼落雁"形容美眉靓女倾国倾城。这里倒非刻意对其正本清源,只想乘兴一探:麋鹿既不似人世间花心男子那样贪恋女色,那又痴迷什么呢?答案既简单又直白:狼尾草!可以断言:在麋鹿心目中,狼尾草远比美女重要!

狼尾草一名,李时珍释曰:"狼尾,其穗象形也。"意谓此草之穗,酷似狼尾,遂获其名。此公还道,因其"秀而不成,岿然在田",故另有"宿田"、"守田"之称。《尔雅》则称其为"稂尾",而《诗经》干脆呼之"稂"。《小雅·大田》有吟:"既方(通房,谷始生未实者)既皁(谷初结未坚状态),既坚既好,不稂(即指狼尾草,亦指谷秀而不实者)不莠(没有稗草之类杂草),去其螟(此指螟蛾幼虫)螣(食苗叶的小青虫),及其蟊贼(此指四种危害水稻的害虫。汉毛亨《毛诗故训传》尝云:食心曰螟,食叶曰螣,食根曰蟊,食节曰贼)。无害我田稚(幼禾),田祖有神,秉(执持)畀(给予)炎火。"另见《曹风·下泉》:

"冽彼下泉（指泉下之流），浸彼苞稂（即指狼尾草），忾（叹息）我寤叹，念彼周京（周朝京城，此指对周王室的怀念）。"前者大致是说："水稻抽穗正灌浆，谷粒渐坚且转黄，喜无狼尾及野芒；务把害虫快杀光，螟螣蟊贼全命丧，莫让稻谷受损伤；特祈田神慨而慷，降火烧荒保安康。"后者则道："泉水冷得很，浸泡稂草根。醒后长太息，遥念周京城。"不难看出，先民对狼尾草危害稻禾多所憎恶，必欲芟除毁灭而后快。然人道是有百害总有一利，平心而论，此草并非一无所用。据唐陈藏器《本草拾遗》称"狼尾生泽地似茅作穗，《广志》云籽可作黍食"，宋庞时安《本草拾遗》即载"狼尾草籽作黍，食之令人不饥"，《本草纲目》亦曰"狼尾茎叶穗粒并如粟，荒年亦可采食"。至于《尔雅》更道："狼尾似茅，可以复屋，是也。"可见，此草对于茹毛饮血披星戴月的先人们来说，堪称雪中送炭，恩重如山。

那么，面如马、蹄如牛、角如鹿、尾如驴而素称四不像的麋鹿，何以对狼尾草情有独钟爱之若命呢？原来，此草历来是牧马驯鹿的优质饲料，所谓"锄田者去之则禾茂，养牲者秣之则牲肥"。金秋时节，若身临盐城大丰麋鹿自然保护区，不难看到一排排高大粗壮的杨树下，茁长着一望无际的狼尾草，颀长饱满的花穗迎风摇曳，一派金光闪烁、色彩斑斓的迷人景象。正是这些茂盛的狼尾草，使自1986年回归神州大地的三十九头麋鹿，历经二十五年的生长繁衍，已然猛增至一千七百八十九头。濒临灭绝的珍稀动物得以奇迹般拯救，狼尾草委实功不可没。

## 秋晚遍壑金灯花

《红楼梦》第十七回,宝玉对众人指认大观园内所植花草时道:"那香的是杜若(即高良姜)蘅(杜蘅,即马蹄香)芜(蘼芜,即芎䓖),那一种大约是茝(即白芷)兰,这一种大约是清葛,那一种是金簦草,这一种是玉蕗藤,红的自然是紫芸,绿的定是青芷。"此处有段脂砚斋夹批:"金簦草,见《字汇》(明梅膺祚所撰,凡十四卷,收单字三万三千一百七十九个)。玉蕗,见《楚辞》'䓠(通菌)蕗(即箭竹)杂于麋(麻杆)蒸(据《广雅释器》称,凡用麻杆葭苇竹木为烛皆曰蒸)'。按此引东方朔《七谏·谬谏》句,意谓将箭竹混同麻杆等物为烛燃烧,再难区分彼此。此书中异物太多,有人生之未闻未见者,然实系所有之物,或名差理同者亦有之。"诚哉斯言,《红楼》一书,奇葩珍草,异彩纷呈;树稚新条,各逞其妙。比如金簦草,就颇值一识芳容,引为佳侣。

金簦草,又名金灯花。明高濂《草花谱》有记:"草本,结籽俨若灯笼,薄衣为罩,内包红籽,大若龙眼","花开一簇五朵,金灯色红,银灯色白"。又《闽书》曰:"金灯茎直上,末分数枝,枝一花,光焰如灯。闽中呼为天蒜。"此草原产中国,为石蒜科多年生草本,多见于山中湿地。冬月生,形似车前草,三月乃枯。根如慈姑,深秋独茎直上,顶有分枝,枝端着花。每簇五朵,有正红、银白、金黄、粉红、紫碧或五色诸种,卓然如灯,故有此称。难怪宋人杨巽斋奇思妙想,情有独钟:"如龙乍化青藜焰,宁用窗前设短檠。"唐人卢殷亦曾浮想联翩,妙语连珠:"疏茎秋擢翠,幽艳夕添红。有月长灯在,无烟烬火同。香浓初受露,势庳不知风。应笑金台上,先随晓漏终。"另一位大宋直臣洪适的七绝更是富蕴佛理,禅意精妙:"银灯未苢有金灯,翠叶森森比剑棱。待得花光无断续,却须指出问邻僧。"

说起诗咏金灯花,令人想起宋代名相晏殊。此老乍一见其花,立马联想到晋代车胤囊萤代灯(车少时家贫不得油,夏月常囊萤照书而苦读成才)的逸事,不由夸道:"兰香爇处光犹浅,银烛烧灯焰不馨。好向书生窗下种,免教辛苦更囊萤。"说来令人费解,转瞬间却又翻脸痛斥:"煌煌五枝灯,下有玉蟠螭。汉宫已荆棘,此地生何为?既无膏火用,虚名徒自欺。"正是:"花太娇红籽必稀,人无常态官多贵。"可见大凡高官显宦莫不翻手为云,覆手为雨,喜怒无常,言而无信。倒是一代诗伎薛涛,有感于此草花叶互不相见,芳心陡生怜意:"阑边不见襄襄叶,砌下惟翻艳艳丛。细视欲将何物比,晚露初迭赤城宫。"当然,若论此草伯乐,只恐还得首推以《恨赋》、《青苔赋》轰动文坛的南朝大家江淹,其《金灯草赋》不遗余力盛赞此花:"御秋风之独秀,值秋露之余芬。出万枝而更明,冠众葩而不群。既艳溢于时暮,方照丽于霜分。是以移馥兰畹,徙色曲池,轶长洲兮杜若,跨幽渚兮芳籬。映霞光而烁爔,怀风气而参差。"骈词俪句,借物述怀,不愧千古名篇。

金灯草系常用药草,然有人误其即为山慈姑。对此,近代学者伊钦恒校注《花镜》时特予甄别:前者为石蒜科,地下有鳞茎,春日丛生数叶,夏秋枯萎后挺茎着花成穗状,侧向开放;后者系百合科,地下茎形如葱,叶细长,叶间抽花轴,每枝一花。

# 好花长占四时春

《宋史》尝载,后蜀广政二十七年(964)除夕新春佳节,皇宫大内喜气洋溢,一派祥和,忙着辞旧迎新。翰林学士辛寅逊正在奉诏书写桃符。写毕,恭呈蜀主孟昶御览。孟昶举目一看,甚是不满。辛某连忙跪奏,恳请皇上御赐一副,以作楷模效仿。孟昶提笔在手,略思片刻,随手写下"新年纳余庆,嘉节号长春"十个大字。始料不及的是,偶尔之举,不意却成了后世春联之滥觞。然可悲者,就在翌年刚过新春佳节不久,北宋忠武军节度使王全斌率军攻占成都,孟昶被迫降宋。赵匡胤随即派遣吕余庆权知成都府,并下令改春节为"长春节"。孟昶所书,竟成谶语。

说及"长春"二字,令人想起草本佳卉"长春花"。且说宋人陈与义一生爱花成癖,吟花不辍。陈衍《后遗室诗话》称其"诗中自有人在,则景而带情矣!"但宋室南渡后,此公经历战乱,感怀时事,诗风随之大变。有次他偶"得长春两株植之窗前",凄然吟道:"乡邑已无路,僧庐今是家。聊乘数点雨,自种两丛花。篱落失秋序,风烟添岁华。衰翁病不饮,独立到栖鸦。"其悲壮苍凉,再也难见当年以赋墨梅诗受知于徽宗,官拜参知政事时的神采风流。引人注目的是,该诗原注道:"长春,即月桂花。"仍是此公,尚赋《微雨中赏月桂独酌》一绝:"人间跌宕简斋(陈之字)老,天下风流月桂花。一壶不觉丛边尽,暮雨霏霏欲湿鸦。"然此花别名远非一个,因其花状盏子,则称金盏花;又据说功能醒酒,遂称酒醒花。梅尧臣"黄金盏何小,白玉碗无暇"、"从兹不能醉,只恐费流霞"即咏此意。另因其逐期开花,四时常见,亦名四时春。且听大宋名臣洪适之咏,"四季花常发,朝朝得细看。绛英能受暑,绿刺更禁寒";近人方富志亦曾感而吟唱,"牡丹高贵一时鲜,怎比长春四时艳。酷暑严寒何在意,芳颜永远驻人间"。也正因此故,长春花又俗称日日红。山阴陈焕文咏来甚是切题:"未必新妆逊大家,开来疑是映红霞。群芳唯尔常娇艳,日日能红数此花。"此外,因花开五瓣,形呈莲状,尚有人爱称其为"五瓣莲"。

长春花,原产于印度和马达加斯加,为夹竹桃科长春花属多年生草本。今江浙颇多,蔓生篱落间。叶初似莴苣,渐若柳而厚,抱茎互生,茎上着花,有白、黄、粉红、紫红诸色,四季常开,姹紫嫣红,然艳而无香。宋代尝与司马光同修《资治通鉴》的刘攽宠之以诗,"雪霜雨露平分尽,旧紫新红次第开。自是余花芳意薄,哪知春去不重来";皇祐进士韦骧亦倍加揄扬,"焉奕红芳续,皇皇若竞辰。尽居群卉右,独得四时春"。近人之咏,更是常见。如马斯由衷赞道:"劲花一放谢应难,历夏经秋总未残。多为世人争烂漫,风霜百劫等闲看。"

世称长春花为长寿花,这倒不仅因其"落了还开落更开,不分暑往与寒来",而是其药用价值首屈一指。此花性味略苦,具镇静安神、平肝降压之功。现代医学表明,迄今已从其根、茎、叶、花、籽中分离出七十余种生物碱。而其中主要成分长春碱、长春新碱,药理实验具抗肿瘤,降血压、血糖,利尿等作用,可治疗高血压、何杰金氏病、白血病及肺癌、绒毛膜癌、淋巴肿瘤等恶性肿瘤。说来惊讶的是,先贤对此似早有发现,如南宋范成大诗咏其花云:"染根得灵药,无时不春风。倚栏与挂壁,相伴岁寒中。"

图书在版编目（CIP）数据

独步花径／金伯弢著. — 苏州：古吴轩出版社，
2011.10
（姑苏晚报文化丛书／刘文洪，詹刚主编）
ISBN 978-7-80733-705-8

Ⅰ.①独… Ⅱ.①金… Ⅲ.①杂文集—中国—当代
Ⅳ.① I267.1

中国版本图书馆CIP数据核字（2011）第196091号

责任编辑：陆月星
装帧设计：陆月星
责任照排：韩雅萍
特约校对：潘家荣
责任校对：张　蕾

| | |
|---|---|
| 书　　名： | 独步花径 |
| 著　　者： | 金伯弢 |
| 出版发行： | 古吴轩出版社 |

地址：苏州市十梓街458号　　邮编：215006
Http://www.guwuxuancbs.com　　E-mail:gwxcbs@126.com
电话：0512-65233679　　传真：0512-65220750

| | |
|---|---|
| 印　　刷： | 苏州日报印刷中心 |
| 开　　本： | 880×1230　1/32 |
| 印　　张： | 5.5 |
| 版　　次： | 2011年10月第1版　第1次印刷 |
| 书　　号： | ISBN 978-7-80733-705-8 |
| 定　　价： | 30.00元 |

如有印装质量问题，请与印刷厂联系。0512-65640827